VICTOR HUGO

LES

MISÉRABLES

DEUXIÈME PARTIE

COSETTE

I

PARIS

PAGNERRE, LIBRAIRE-ÉDITEUR

18 RUE DE SEINE 18

M DCCC LXII

ÉDITEURS

A. LACROIX, VERBOECKHOVEN ET C°

A BRUXELLES

PARIS — IMPRIMERIE DE J. CLAYE, RUE SAINT BENOIT, 7

VICTOR HUGO

LES

MISÉRABLES

DEUXIEME PARTIE

COSETTE

I

PARIS

PAGNERRE, LIBRAIRE-ÉDITEUR

18 RUE DE SEINE 18

MDCCCLXII

DEUXIÈME PARTIE

COSETTE

LIVRE PREMIER

WATERLOO

I

CE QU'ON RENCONTRE EN VENANT DE NIVELLES

L'an dernier (1861), par une belle matinée de
mai, un passant, celui qui raconte cette histoire,
arrivait de Nivelles et se dirigeait vers La Hulpe.
Il allait à pied. Il suivait, entre deux rangées d'arbres, une large chaussée pavée ondulant sur des
collines qui viennent l'une après l'autre, soulèvent
la route et la laissent retomber, et font là comme
des vagues énormes. Il avait dépassé Lillois et

Bois-Seigneur-Isaac. Il apercevait, à l'ouest, le clocher d'ardoise de Braine-l'Alleud qui a la forme d'un vase renversé. Il venait de laisser derrière lui un bois sur une hauteur et, à l'angle d'un chemin de traverse, à côté d'une espèce de potence vermoulue portant l'inscription : *Ancienne barrière n° 4*, un cabaret ayant sur sa façade cet écriteau : *Au quatre vents. Echabeau, café de particulier.*

Un demi-quart de lieue plus loin que ce cabaret, il arriva au fond d'un petit vallon où il y a de l'eau qui passe sous une arche pratiquée dans le remblai de la route. Le bouquet d'arbres, clair-semé, mais très-vert, qui emplit le vallon d'un côté de la chaussée, s'éparpille de l'autre dans les prairies et s'en va avec grâce et comme en désordre vers Braine-l'Alleud.

Il y avait là, à droite, au bord de la route, une auberge, une charrette à quatre roues devant la porte, un grand faisceau de perches à houblon, une charrue, un tas de broussailles sèches près d'une haie vive, de la chaux qui fumait dans un trou carré, une échelle le long d'un vieux hangar à cloisons de paille. Une jeune fille sarclait dans un champ où une grande affiche jaune, probablement

du spectacle forain de quelque kermesse, volait au
vent. A l'angle de l'auberge, à côté d'une mare où
naviguait une flottille de canards, un sentier mal
pavé s'enfonçait dans les broussailles. Ce passant
y entra.

Au bout d'une centaine de pas, après avoir longé
un mur du quinzième siècle surmonté d'un pignon
aigu à briques contrariées, il se trouva en présence
d'une grande porte de pierre cintrée, avec imposte
rectiligne, dans le grave style de Louis XIV, ac-
costée de deux médaillons planes. Une façade sévère
dominait cette porte; un mur perpendiculaire à la
façade venait presque toucher la porte et la flan-
quait d'un brusque angle droit. Sur le pré devant
la porte gisaient trois herses à travers lesquelles
poussaient pêle-mêle toutes les fleurs de mai. La
porte était fermée. Elle avait pour clôture deux battants décrépits ornés d'un vieux marteau rouillé.

Le soleil était charmant; les branches avaient
ce doux frémissement de mai qui semble venir des
nids plus encore que du vent. Un brave petit oiseau,
probablement amoureux, vocalisait éperdument
dans un grand arbre.

Le passant se courba et considéra dans la pierre

à gauche, au bas du pied-droit de la porte, une assez large excavation circulaire ressemblant à l'alvéole d'une sphère. En ce moment les battants s'écartèrent et une paysanne sortit.

Elle vit le passant et aperçut ce qu'il regardait.

— C'est un boulet français qui a fait ça, lui dit-elle.

Et elle ajouta :

— Ce que vous voyez là, plus haut, dans la porte, près d'un clou, c'est le trou d'un gros biscaïen. Le biscaïen n'a pas traversé le bois.

— Comment s'appelle cet endroit-ci? demanda le passant.

— Hougomont, dit la paysanne.

Le passant se redressa. Il fit quelques pas et s'en alla regarder au-dessus des haies. Il aperçut à l'horizon à travers les arbres une espèce de monticule et sur ce monticule quelque chose qui, de loin, ressemblait à un lion.

Il était dans le champ de bataille de Waterloo.

II

HOUGOMONT

Hougomont, ce fut là un lieu funèbre, le commencement de l'obstacle, la première résistance
que rencontra à Waterloo ce grand bûcheron de
l'Europe qu'on appelait Napoléon; le premier
nœud sous le coup de hache.

C'était un château, ce n'est plus qu'une ferme.
Hougomont, pour l'antiquaire, c'est *Hugomons*.
Ce manoir fut bâti par Hugo, sire de Somerel, le

même qui dota la sixième chapellenie de l'abbaye de Villers.

Le passant poussa la porte, coudoya sous un porche une vieille calèche, et entra dans la cour.

La première chose qui le frappa, dans ce préau, ce fut une porte du seizième siècle qui y simule une arcade, tout étant tombé autour d'elle. L'aspect monumental naît souvent de la ruine. Auprès de l'arcade s'ouvre dans un mur une autre porte avec claveaux du temps de Henri IV, laissant voir les arbres d'un verger. A côté de cette porte un trou à fumier, des pioches et des pelles, quelques charrettes, un vieux puits avec sa dalle et son tourniquet de fer, un poulain qui saute, un dindon qui fait la roue, une chapelle que surmonte un petit clocher, un poirier en fleur en espalier sur le mur de la chapelle, voilà cette cour dont la conquête fut un rêve de Napoléon. Ce coin de terre, s'il eût pu le prendre, lui eût peut-être donné le monde. Des poules y éparpillent du bec la poussière. On entend un grondement, c'est un gros chien qui montre les dents et qui remplace les anglais.

Les anglais là ont été admirables. Les quatre

compagnies des gardes de Cooke y ont tenu tête
pendant sept heures à l'acharnement d'une armée.

Hougomont, vu sur la carte, en plan géométral,
bâtiments et enclos compris, présente une espèce
de rectangle irrégulier dont un angle aurait été
entaillé. C'est à cet angle qu'est la porte méridionale, gardée par ce mur qui la fusille à bout portant. Hougomont a deux portes : la porte méridionale, celle du château, et la porte septentrionale,
celle de la ferme. Napoléon envoya contre Hougomont son frère Jérôme; les divisions Guilleminot,
Foy et Bachelu s'y heurtèrent, presque tout le corps
de Reille y fut employé et y échoua, les boulets de
Kellermann s'épuisèrent sur cet héroïque pan de
mur. Ce ne fut pas trop de la brigade Bauduin
pour forcer Hougomont au nord, et la brigade Soye
ne put que l'entamer au sud, sans le prendre.

Les bâtiments de la ferme bordent la cour au
sud. Un morceau de la porte nord, brisée par les
français, pend accroché au mur. Ce sont quatre
planches clouées sur deux traverses, et où l'on dis-
tingue les balafres de l'attaque.

La porte septentrionale, enfoncée par les français, et à laquelle on a mis une pièce pour rem-

placer le panneau suspendu à la muraille, s'entre-
bâille au.fond du préau ; elle est coupée carrément
dans un mur, de pierre en bas, de brique en haut,
qui ferme la cour au nord. C'est une simple porte
charretière comme il y en a dans toutes les métai-
ries, deux larges battants faits de planches rus-
tiques : au delà, des prairies. La dispute de cette
entrée a été furieuse. On a longtemps vu sur le
montant de la porte toutes sortes d'empreintes de
mains sanglantes. C'est là que Bauduin fut tué.

L'orage du combat est encore dans cette cour ;
l'horreur y est visible ; le bouleversement de la
mêlée s'y est pétrifié ; cela vit, cela meurt ; c'était
hier. Les murs agonisent, les pierres tombent,
les brèches crient ; les trous sont des plaies ; les
arbres penchés et frissonnants semblent faire
effort pour s'enfuir.

Cette cour, en 1815, était plus bâtie qu'elle ne
l'est aujourd'hui. Des constructions qu'on a depuis
jetées bas y faisaient des redans, des angles et
des coudes d'équerre.

Les anglais s'y étaient barricadés ; les français y
pénétrèrent, mais ne purent s'y maintenir. A côté
de la chapelle, une aile du château, le seul débris

qui reste du manoir d'Hougomont, se dresse
écroulée, on pourrait dire éventrée. Le château
servit de donjon, la chapelle servit de blockhaus.
On s'y extermina. Les français, arquebusés de
toutes parts, de derrière les murailles, du haut
des greniers, du fond des caves, par toutes les
croisées, par tous les soupiraux, par toutes les
fentes des pierres, apportèrent des fascines et
mirent le feu aux murs et aux hommes : la mitraille eut pour réplique l'incendie.

On entrevoit dans l'aile ruinée, à travers des
fenêtres garnies de barreaux de fer, les chambres
démantelées d'un corps de logis en brique; les
gardes anglaises étaient embusquées dans ces
chambres; la spirale de l'escalier, crevassé du rez-
de-chaussée jusqu'au toit, apparaît comme l'intérieur d'un coquillage brisé. L'escalier a deux
étages; les anglais, assiégés dans l'escalier, et
massés sur les marches supérieures, avaient coupé
les marches inférieures. Ce sont de larges dalles
de pierre bleue qui font un monceau dans les
orties. Une dizaine de marches tiennent encore au
mur; sur la première est entaillée l'image d'un
trident. Ces degrés inaccessibles sont solides

dans leurs alvéoles. Tout le reste ressemble à une
mâchoire édentée. Deux vieux arbres sont là : l'un
est mort, l'autre est blessé au pied, et reverdit en
avril. Depuis 1815, il s'est mis à pousser à travers
l'escalier.

On s'est massacré dans la chapelle. Le dedans,
redevenu calme, est étrange. On n'y a plus dit la
messe depuis le carnage. Pourtant l'autel y est
resté, un autel de bois grossier adossé à un fond de
pierre brute. Quatre murs lavés au lait de chaux,
une porte vis-à-vis l'autel, deux petites fenêtres
cintrées, sur la porte un grand crucifix de bois,
au-dessus du crucifix un soupirail carré bouché
d'une botte de foin, dans un coin, à terre, un vieux
châssis vitré tout cassé, telle est cette chapelle.
Près de l'autel est clouée une statue en bois de
sainte Anne, du quinzième siècle ; la tête de l'enfant Jésus a été emportée par un biscaïen. Les
français, maîtres un moment de la chapelle, puis
délogés, l'ont incendiée. Les flammes ont rempli
cette masure ; elle a été fournaise ; la porte a
brûlé, le plancher a brûlé, le Christ en bois n'a
pas brûlé. Le feu lui a rongé les pieds dont on ne
voit plus que les moignons noircis, puis s'est

arrêté. Miracle, au dire des gens du pays. L'enfant Jésus, décapité, n'a pas été aussi heureux que le Christ.

Les murs sont couverts d'inscriptions. Près des pieds du Christ on lit ce nom : *Henquinez*. Puis ces autres : *Conde de Rio Maïor. Marques y Marquesa de Almagro* (*Habana*). Il y a des noms français avec des points d'exclamation, signes de colère. On a reblanchi le mur en 1849. Les nations s'y insultaient.

C'est à la porte de cette chapelle qu'a été ramassé un cadavre qui tenait une hache à la main. Ce cadavre était le sous-lieutenant Legros.

On sort de la chapelle, et à gauche on voit un puits. Il y en a deux dans cette cour. On demande : pourquoi n'y a-t-il pas de seau et de poulie à celui-ci ? C'est qu'on n'y puise plus d'eau. Pourquoi n'y puise-t-on plus d'eau ? Parce qu'il est plein de squelettes.

Le dernier qui ait tiré de l'eau de ce puits, se nommait Guillaume Van Kylsom. C'était un paysan qui habitait Hougomont et y était jardinier. Le 18 juin 1815, sa famille prit la fuite et s'alla cacher dans les bois.

La forêt autour de l'abbaye de Villiers abrita pendant plusieurs jours et plusieurs nuits toutes ces malheureuses populations dispersées. Aujour-d'hui encore de certains vestiges reconnaissables, tels que de vieux troncs d'arbres brûlés, marquent la place de ces pauvres bivouacs tremblants au fond des halliers.

Guillaume Van Kylsom demeura à Hougomont « pour garder le château » et se blottit dans une cave. Les anglais l'y découvrirent. On l'arracha de sa cachette, et, à coups de plat de sabre, les com-battants se firent servir par cet homme effrayé. Ils avaient soif; ce Guillaume leur portait à boire. C'est à ce puits qu'il puisait l'eau. Beaucoup burent là leur dernière gorgée. Ce puits, où burent tant de morts, devait mourir lui aussi.

Après l'action, on eut une hâte, enterrer les cadavres. La mort a une façon à elle de harceler la victoire, et elle fait suivre la gloire par la peste. Le typhus est une annexe du triomphe. Ce puits était profond, on en fit un sépulcre. On y jeta trois cents morts. Peut-être avec trop d'empres-sement. Tous étaient-ils morts? la légende dit non. Il paraît que, la nuit qui suivit l'ensevelissement, on entendit sortir du puits des voix faibles qui appelaient.

Ce puits est isolé au milieu de la cour. Trois murs mi-partis pierre et brique, repliés comme les feuilles d'un paravent et simulant une tourelle carrée, l'entourent de trois côtés. Le quatrième côté est ouvert. C'est par là qu'on puisait l'eau. Le mur du fond a une façon d'œil-de-bœuf informe, peut-être un trou d'obus. Cette tourelle avait un plafond dont il ne reste que les poutres. La ferrure de soutènement du mur de droite dessine une croix. On se penche et l'œil se perd dans un profond cylindre de brique qu'emplit un entassement de ténèbres. Tout autour du puits, le bas des murs disparaît dans les orties.

Ce puits n'a point pour devanture la large dalle bleue qui sert de tablier à tous les puits de la Belgique. La dalle bleue y est remplacée par une traverse à laquelle s'appuient cinq ou six difformes tronçons de bois noueux et ankylosés qui ressemblent à de grands ossements. Il n'a plus ni seau, ni chaîne, ni poulie ; mais il a encore la cuvette de pierre qui servait de déversoir. L'eau des pluies s'y amasse, et de temps en temps un oiseau des forêts voisines vient y boire et s'envole.

Une maison dans cette ruine, la maison de la ferme, est encore habitée. La porte de cette maison donne sur la cour. A côté d'une jolie plaque de serrure gothique il y a sur cette porte une poignée de fer à trèfles, posée de biais. Au moment où le lieutenant hanovrien Wilda saisissait cette poignée pour se réfugier dans la ferme, un sapeur français lui abattit la main d'un coup de hache.

La famille qui occupe la maison a pour grandpère l'ancien jardinier Van Kylsom, mort depuis longtemps. Une femme en cheveux gris nous dit : J'étais là. J'avais trois ans. Ma sœur, plus grande, avait peur et pleurait. On nous a emportées dans les bois. J'étais dans les bras de ma mère. On se collait l'oreille à terre pour écouter. Moi, j'imitais le canon, et je faisais *boum, boum.*

Une porte de la cour, à gauche, nous l'avons dit, donne dans le verger.

Le verger est terrible.

Il est en trois parties, on pourrait presque dire en trois actes. La première partie est un jardin, la deuxième est le verger, la troisième est un bois. Ces trois parties ont une enceinte commune, du côté de l'entrée les bâtiments du château et de la ferme, à gauche une haie, à droite un mur, au fond un mur. Le mur de droite est en brique, le mur du fond est en pierre. On entre dans le jardin d'abord. Il est en contre-bas, planté de groseilliers, encombré de végétations sauvages, fermé d'un terrassement monumental en pierre de taille avec balustres à double renflement. C'était un jardin seigneurial dans ce premier style français qui a précédé Le Nôtre ; ruine et ronce aujourd'hui. Les pilastres sont surmontés de globes qui semblent des boulets de pierre. On compte encore quarante-trois balustres sur leurs dés ; les autres sont couchés dans l'herbe. Presque tous ont des éraflures de mousqueterie. Un balustre brisé est posé sur l'étrave comme une jambe cassée.

C'est dans ce jardin, plus bas que le verger, que six voltigeurs du 1ᵉʳ léger, ayant pénétré là et n'en pouvant plus sortir, pris et traqués comme des ours dans leur fosse, acceptèrent le combat avec deux compagnies hanovriennes, dont une était armée de carabines. Les hanovriens bordaient ces balustres et tiraient d'en haut. Ces voltigeurs, ripostant d'en bas, six contre deux cents, intrépides, n'ayant pour abri que les groseilliers, mirent un quart d'heure à mourir.

On monte quelques marches, et du jardin on passe dans le verger proprement dit. Là, dans ces quelques toises carrées, quinze cents hommes tombèrent en moins d'une heure. Le mur semble prêt à recommencer le combat. Les trente-huit meurtrières, percées par les anglais à des hauteurs irrégulières, y sont encore. Devant la seizième sont couchées deux tombes anglaises en granit. Il n'y a de meurtrières qu'au mur sud, l'attaque principale venait de là. Ce mur est caché au dehors par une grande haie vive; les français arrivèrent, croyant n'avoir affaire qu'à la haie, la franchirent, et trouvèrent le mur, obstacle et embuscade, les gardes anglaises derrière, les trente-huit meurtrières faisant feu à la fois, un orage de mitraille et de balles; et la brigade Soye s'y brisa. Waterloo commença ainsi.

Le verger pourtant fut pris. On n'avait pas d'échelles, les français grimpèrent avec les ongles. On se battit corps à corps sous les arbres. Toute cette herbe a été mouillée de sang. Un bataillon de Nassau, sept cents hommes, fut foudroyé là. Au

dehors le mur, contre lequel furent braquées les
deux batteries de Kellermann, est rongé par la mitraille.

Ce verger est sensible comme un autre au mois
de mai. Il a ses boutons d'or et ses pâquerettes,
l'herbe y est haute, des chevaux de charrue y
paissent, des cordes de crin où sèche du linge traversent les intervalles des arbres et font baisser la
tête aux passants, on marche dans cette friche et
le pied enfonce dans les trous de taupes. Au milieu de l'herbe on remarque un tronc déraciné, gi-
sant, verdissant. Le major Blackmann s'y est
adossé pour expirer. Sous un grand arbre voisin
est tombé le général allemand Duplat, d'une famille française réfugiée à la révocation de l'édit de
Nantes. Tout à côté se penche un vieux pommier
malade pansé avec un bandage de paille et de
terre glaise. Presque tous les pommiers tombent de
vieillesse. Il n'y en a pas un qui n'ait sa balle
ou son biscaïen. Les squelettes d'arbres morts
abondent dans ce verger. Les corbeaux volent dans
les branches, au fond il y a un bois plein de vio-
lettes.

Bauduin tué, Foy blessé, l'incendie, le mas-

sacre, le carnage, un ruisseau fait de sang anglais,
de sang allemand et de sang français, furieuse-
ment mêlés, un puits comblé de cadavres, le régiment de Nassau et le régiment de Brunswick
détruits, Duplat tué, Blackmann tué, les gardes
anglaises mutilées, vingt bataillons français, sur
les quarante du corps de Reille, décimés, trois
mille hommes, dans cette seule masure de Hougomont, sabrés, écharpés, égorgés, fusillés, brûlés;
et tout cela pour qu'aujourd'hui un paysan dise à
un voyageur : *Monsieur, donnez-moi trois francs;
si vous aimez, je vous expliquerai la chose de
Waterloo !*

III

LE 18 JUIN 1815

Retournons en arrière, c'est un des droits du narrateur, et replaçons-nous en l'année 1815, et même un peu avant l'époque où commence l'action racontée dans la première partie de ce livre.

S'il n'avait pas plu dans la nuit du 17 au 18 juin 1815, l'avenir de l'Europe était changé. Quelques gouttes d'eau de plus ou de moins ont fait pencher Napoléon. Pour que Waterloo fût la fin d'Austerlitz, la providence n'a eu besoin que d'un peu de pluie, et un nuage traversant le ciel à contre-sens de la saison a suffi pour l'écroulement d'un monde.

La bataille de Waterloo, et ceci a donné à Blücher le temps d'arriver, n'a pu commencer qu'à onze heures et demie. Pourquoi? Parce que la terre était mouillée. Il a fallu attendre un peu de raffermissement pour que l'artillerie pût manœuvrer.

Napoléon était officier d'artillerie et il s'en ressentait. Le fond de ce prodigieux capitaine, c'était l'homme qui, dans le rapport au Directoire sur Aboukir, disait : *Tel de nos boulets a tué six hommes.* Tous ses plans de bataille sont faits pour le projectile. Faire converger l'artillerie sur un point donné, c'était là sa clef de victoire. Il traitait la stratégie du général ennemi comme une citadelle, et il la battait en brèche. Il accablait le point faible de mitraille; il nouait et dénouait les batailles avec le canon. Il y avait du tir dans son génie. Enfoncer les carrés, pulvériser les régiments, rompre les lignes, broyer et disperser les masses, tout pour lui était là, frapper, frapper, frapper sans cesse, et il confiait cette besogne au boulet. Méthode redoutable, et qui, jointe au génie, a fait invincible pendant quinze ans ce sombre athlète du pugilat de la guerre.

Le 18 juin 1815, il comptait d'autant plus sur l'artillerie qu'il avait pour lui le nombre. Wellington n'avait que cent cinquante-neuf bouches à feu; Napoléon en avait deux cent quarante.

Supposez la terre sèche, l'artillerie pouvant rouler, l'action commençait à six heures du matin. La bataille était gagnée et finie à deux heures, trois heures avant la péripétie prussienne.

Quelle quantité de faute y a-t-il de la part de Napoléon dans la perte de cette bataille? le naufrage est-il imputable au pilote?

Le déclin physique évident de Napoléon se compliquait-il à cette époque d'une certaine diminution intérieure? les vingt ans de guerre avaient-ils usé la lame comme le fourreau, l'âme comme le corps? le vétéran se faisait-il fâcheusement sentir dans le capitaine? en un mot, ce génie, comme beaucoup d'historiens considérables l'ont cru, s'éclipsait-il? entrait-il en frénésie pour se déguiser à lui-même

son affaiblissement? commençait-il à osciller sous
l'égarement d'un souffle d'aventure? devenait-il,
chose grave dans un général, inconscient du péril?
dans cette classe de grands hommes matériels
qu'on peut appeler les géants de l'action, y a-t-il
un âge pour la myopie du génie? la vieillesse n'a
pas de prise sur les génies de l'idéal; pour les
Dantes et les Michel-Anges, vieillir, c'est croître;
pour les Annibals et les Bonapartes, est-ce dé-
croître? Napoléon avait-il perdu le sens direct de
la victoire? en était-il à ne plus reconnaître l'écueil,
à ne plus deviner le piége, à ne plus discerner le
bord croulant des abîmes? manquait-il du flair des
catastrophes? lui qui jadis savait toutes les routes
du triomphe et qui, du haut de son char d'éclairs,
les indiquait d'un doigt souverain, avait-il maintenant cet ahurissement sinistre de mener aux
précipices son tumultueux attelage de légions?
était-il pris, à quarante-six ans, d'une folie suprême? ce cocher titanique du destin n'était-il plus
qu'un immense casse-cou?

Nous ne le pensons point.

Son plan de bataille était, de l'aveu de tous, un
chef-d'œuvre. Aller droit au centre de la ligne

alliée, faire un trou dans l'ennemi, le couper en
deux, pousser la moitié britannique sur Hal et la
moitié prussienne sur Tongres, faire de Wellington et de Blücher deux tronçons, enlever Mont-
Saint-Jean, saisir Bruxelles, jeter l'allemand dans
le Rhin et l'anglais dans la mer. Tout cela, pour
Napoléon, était dans cette bataille. Ensuite on verrait.

Il va sans dire que nous ne prétendons pas faire
ici l'histoire de Waterloo; une des scènes généra-
trices du drame que nous racontons se rattache à
cette bataille; mais cette histoire n'est pas notre
sujet; cette histoire d'ailleurs est faite, et faite ma-
gistralement, à un point de vue par Napoléon, à
l'autre point de vue par Charras. Quant à nous,
nous laissons les deux historiens aux prises; nous
ne sommes qu'un témoin à distance, un passant
dans la plaine, un chercheur penché sur cette terre
pétrie de chair humaine, prenant peut-être des
apparences pour des réalités; nous n'avons pas le
droit de tenir tête, au nom de la science, à un ensemble de faits où il y a sans doute du mirage,
nous n'avons ni la pratique militaire ni la compé-
tence stratégique qui autorisent un système; selon

nous, un enchaînement de hasards domine à Waterloo les deux capitaines; et quand il s'agit du destin, ce mystérieux accusé, nous jugeons comme le peuple, ce juge naïf.

IV

A

Ceux qui veulent se figurer nettement la bataille de Waterloo n'ont qu'à coucher sur le sol
par la pensée un A majuscule. Le jambage gauche
de l'A est la route de Nivelles, le jambage droit est
la route de Genappe, la corde de l'A est le chemin
creux d'Ohain à Braine-l'Alleud. Le sommet de
l'A est Mont-Saint-Jean, là est Wellington; la
pointe gauche inférieure est Hougomont, là est

Reille avec Jérôme Bonaparte ; la pointe droite inférieure est la Belle-Alliance, là est Napoléon. Un
peu au-dessous du point où la corde de l'A rencontre et coupe le jambage droit est la Haie-
Sainte. Au milieu de cette corde est le point précis
où s'est dit le mot final de la bataille. C'est là qu'on
a placé le lion, symbole involontaire du suprême
héroïsme de la garde impériale.

Le triangle compris au sommet de l'A, entre les
deux jambages et la corde, est le plateau de Mont-
Saint-Jean. La dispute de ce plateau fut toute la
bataille.

Les ailes des deux armées s'étendent à droite
et à gauche des deux routes de Genappe et de Nivelles ; d'Erlon faisant face à Picton, Reille faisant
face à Hill.

Derrière la pointe de l'A, derrière le plateau de
Mont-Saint-Jean, est la forêt de Soignes.

Quant à la plaine en elle-même, qu'on se re-
présente un vaste terrain ondulant ; chaque pli
domine le pli suivant, et toutes les ondulations
montent vers Mont-Saint-Jean, et y aboutissent à
la forêt.

Deux troupes ennemies sur un champ de ba-

taille sont deux lutteurs. C'est un bras-le-corps.
L'une cherche à faire glisser l'autre. On se cramponne à tout ; un buisson est un point d'appui ;
un angle de mur est un épaulement ; faute d'une
bicoque où s'adosser, un régiment lâche pied ; un
ravalement de la plaine, un mouvement de terrain,
un sentier transversal à propos, un bois, un ravin,
peuvent arrêter le talon de ce colosse qu'on appelle
une armée et l'empêcher de reculer. Qui sort du
champ est battu. De là, pour le chef responsable,
la nécessité d'examiner la moindre touffe d'arbres
et d'approfondir le moindre relief.

Les deux généraux avaient attentivement étudié
la plaine de Mont-Saint-Jean, dite aujourd'hui
plaine de Waterloo. Dès l'année précédente, Wellington, avec une sagacité prévoyante, l'avait exa-
minée comme un en-cas de grande bataille. Sur ce
terrain et pour ce duel, le 18 juin, Wellington
avait le bon côté, Napoléon le mauvais. L'armée
anglaise était en haut, l'armée française en bas.

Esquisser ici l'aspect de Napoléon, à cheval, sa
lunette à la main, sur la hauteur de Rossomme, à
l'aube du 18 juin 1815, cela est presque de trop.
Avant qu'on le montre, tout le monde l'a vu. Ce

profil calme sous le petit chapeau de l'école de
Brienne, cet uniforme vert, le revers blanc cachant la plaque, la redingote cachant les épaulettes, l'angle du cordon rouge sous le gilet, la culotte de peau, le cheval blanc avec sa housse de
velours pourpre ayant aux coins des N couronnés
et des aigles, les bottes à l'écuyère sur des bas de
soie, les éperons d'argent, l'épée de Marengo,
toute cette figure du dernier César est debout dans
les imaginations, acclamée des uns, sévèrement
regardée par les autres.

Cette figure a été longtemps toute dans la lumière; cela tenait à un certain obscurcissement
légendaire que la plupart des héros dégagent et
qui voile toujours plus ou moins longtemps la vérité; mais aujourd'hui l'histoire et le jour se font.

Cette clarté, l'histoire, est impitoyable; elle a
cela d'étrange et de divin que, toute lumière
qu'elle est et précisément parce qu'elle est lumière, elle met souvent de l'ombre là où l'on
voyait des rayons; du même homme elle fait deux
fantômes différents, et l'un attaque l'autre, et en
fait justice, et les ténèbres du despote luttent avec
l'éblouissement du capitaine. De là une mesure

plus vraie dans l'appréciation définitive des peuples. Babylone violée diminue Alexandre; Rome
enchaînée diminue César; Jérusalem tuée diminue
Titus. La tyrannie suit le tyran. C'est un malheur
pour un homme de laisser derrière lui de la nuit
qui a sa forme.

V

LE QUID OBSCURUM DES BATAILLES

Tout le monde connaît la première phase de
cette bataille ; début trouble, incertain, hésitant,
menaçant pour les deux armées, mais pour les
anglais plus encore que pour les français.

Il avait plu toute la nuit ; la terre était défoncée
par l'averse ; l'eau s'était çà et là amassée dans
les creux de la plaine comme dans des cuvettes ;
sur de certains points les équipages du train en

avaient jusqu'à l'essieu; les sous-ventrières des
attelages dégouttaient de boue liquide; si les blés
et les seigles couchés par cette cohue de charrois
en marche n'eussent comblé les ornières et fait
litière sous les roues, tout mouvement, particulièrement dans les vallons du côté de Papelotte,
eût été impossible.

L'affaire commença tard; Napoléon, nous
l'avons expliqué, avait l'habitude de tenir toute
l'artillerie dans sa main comme un pistolet, visant
tantôt tel point, tantôt tel autre de la bataille, et
il avait voulu attendre que les batteries attelées
pussent rouler et galoper librement; il fallait pour
cela que le soleil parût et séchât le sol. Mais le
soleil ne parut pas. Ce n'était plus le rendez-vous
d'Austerlitz. Quand le premier coup de canon fut
tiré, le général anglais Colville regarda à sa montre
et constata qu'il était onze heures trente-cinq
minutes.

L'action s'engagea avec furie, plus de furie
peut-être que l'empereur n'eût voulu, par l'aile
gauche française sur Hougomont. En même temps
Napoléon attaqua le centre en précipitant la brigade Quiot sur la Haie-Sainte et Ney poussa l'aile

droite française contre l'aile gauche anglaise qui
s'appuyait sur Papelotte.

L'attaque sur Hougomont avait quelque simu-
lation; attirer là Wellington, le faire pencher à
gauche, tel était le plan. Ce plan eût réussi, si les
quatre compagnies des gardes anglaises et les
braves belges de la division Perponcher n'eussent
solidement gardé la position, et Wellington, au
lieu de s'y masser, put se borner à y envoyer pour
tout renfort quatre autres compagnies de gardes et
un bataillon de Brunswick.

L'attaque de l'aile droite française sur Papelotte était à fond, culbuter la gauche anglaise,
couper la route de Bruxelles, barrer le passage
aux prussiens possibles, forcer Mont-Saint-Jean,
refouler Wellington sur Hougomont, de là sur
Braine-l'Alleud, de là sur Hal, rien de plus net.
A part quelques incidents, cette attaque réussit.
Papelotte fut pris; la Haie-Sainte fut enlevée.

Détail à noter. Il y avait dans l'infanterie
anglaise, particulièrement dans la brigade de
Kempt, force recrues. Ces jeunes soldats, devant
nos redoutables fantassins, furent vaillants; leur
inexpérience se tira intrépidement d'affaire; ils

firent surtout un excellent service de tirailleurs ; le
soldat en tirailleur, un peu livré à lui-même, devient pour ainsi dire son propre général ; ces recrues montrèrent quelque chose de l'invention et
de la furie françaises. Cette infanterie novice eut
de la verve. Ceci déplut à Wellington.

Après la prise de la Haie-Sainte, la bataille
vacilla.

Il y a dans cette journée, de midi à quatre
heures, un intervalle obscur ; le milieu de cette bataille est presque indistinct et participe du sombre
de la mêlée. Le crépuscule s'y fait. On aperçoit
de vastes fluctuations dans cette brume, un mirage
vertigineux, l'attirail de guerre d'alors presque
inconnu aujourd'hui, les colbacks à flamme, les
sabretaches flottantes, les buffleteries croisées, les
gibernes à grenades, les dolmans des hussards,
les bottes rouges à mille plis, les lourds shakos
enguirlandés de torsades, l'infanterie presque
noire de Brunswick mêlée à l'infanterie écarlate
d'Angleterre, les soldats anglais ayant aux entournures pour épaulettes de gros bourrelets blancs
circulaires, les chevau-légers hanovriens avec leur
casque de cuir oblong à bandes de cuivre et à cri-

nières de crins rouges, les écossais aux genoux
nus et aux plaids quadrillés, les grandes guêtres
blanches de nos grenadiers ; des tableaux, non
des lignes stratégiques, ce qu'il faut à Salvator
Rosa, non ce qu'il faut à Gribeauval.

Une certaine quantité de tempête se mêle toujours à une bataille. *Quid obscurum, quid divinum.*
Chaque historien trace un peu le linéament qui
lui plaît dans ces pêle-mêle. Quelle que soit la
combinaison des généraux, le choc des masses
armées a d'incalculables reflux ; dans l'action, les
deux plans des deux chefs entrent l'un dans l'autre
et se déforment l'un par l'autre. Tel point du
champ de bataille dévore plus de combattants que
tel autre, comme ces sols plus ou moins spongieux
qui boivent plus ou moins vite l'eau qu'on y jette.
On est obligé de reverser là plus de soldats qu'on
ne voudrait. Dépenses qui sont l'imprévu. La ligne
de bataille flotte et serpente comme un fil, les traî-
nées de sang ruissellent illogiquement, les fronts
des armées ondoient, les régiments entrant ou sortant font des caps ou des golfes, tous ces écueils
remuent continuellement les uns devant les autres ;
où était l'infanterie, l'artillerie arrive ; où était

l'artillerie, accourt la cavalerie ; les bataillons sont
des fumées. Il y avait là quelque chose, cherchez,
c'est disparu ; les éclaircies se déplacent ; les plis
sombres avancent et reculent ; une sorte de vent
du sépulcre pousse, refoule, enfle et disperse ces
multitudes tragiques. Qu'est-ce qu'une mêlée ?
une oscillation. L'immobilité d'un plan mathéma-
tique exprime une minute et non une journée. Pour
peindre une bataille, il faut de ces puissants pein-
tres qui aient du chaos dans le pinceau ; Rem-
brandt vaut mieux que Vandermeulen. Vandermeulen, exact à midi, ment à trois heures. La
géométrie trompe : l'ouragan seul est vrai. C'est ce
qui donne à Folard le droit de contredire Polybe.
Ajoutons qu'il y a toujours un certain instant où
la bataille dégénère en combat, se particularise.
et s'éparpille en d'innombrables faits de détails
qui, pour emprunter l'expression de Napoléon lui-
même, « appartiennent plutôt à la biographie des
« régiments qu'à l'histoire de l'armée. » L'historien, en ce cas, a le droit évident de résumé.
Il ne peut que saisir les contours principaux de
la lutte, et il n'est donné à aucun narrateur, si
consciencieux qu'il soit, de fixer absolument la

forme de ce nuage horrible qu'on appelle une bataille.

Ceci qui est vrai de tous les grands chocs armés, est particulièrement applicable à Waterloo.

Toutefois, dans l'après-midi, à un certain moment, la bataille se précisa.

VI

QUATRE HEURES DE L'APRES-MIDI

Vers quatre heures, la situation de l'armée anglaise était grave. Le prince d'Orange commandait le centre, Hill l'aile droite, Picton l'aile gauche. Le prince d'Orange, éperdu et intrépide, criait aux hollando-belges : *Nassau ! Brunswick ! jamais en arrière !* Hill, affaibli, venait s'adosser à Wellington. Picton était mort. Dans la même minute où les anglais avaient enlevé aux français

le drapeau du 105ᵉ de ligne, les français avaient
tué aux anglais le général Picton d'une balle à travers la tête. La bataille, pour Wellington, avait
deux points d'appui, Hougomont et la Haie-
Sainte; Hougomont tenait encore, mais brûlait;
la Haie-Sainte était prise. Du bataillon allemand
qui la défendait, quarante-deux hommes seulement
survivaient; tous les officiers, moins cinq, étaient
morts ou pris. Trois mille combattants s'étaient
massacrés dans cette grange. Un sergent des
gardes anglaises, le premier boxeur de l'Angleterre, réputé par ses compagnons invulnérable, y
avait été tué par un petit tambour français. Baring
était délogé, Alten était sabré. Plusieurs drapeaux
étaient perdus, dont un de la division Alten, et un
du bataillon de Lunebourg porté par un prince de
la famille de Deux-Ponts. Les écossais gris n'exis-
taient plus; les gros dragons de Ponsomby étaient
hachés. Cette vaillante cavalerie avait plié sous les
lanciers de Bro et sous les cuirassiers de Travers;
de douze cents chevaux il en restait six cents; des
trois lieutenants-colonels, deux étaient à terre, Ha-
milton blessé, Mater tué. Ponsomby était tombé,
troué de sept coups de lance. Gordon était mort,

Marsh était mort. Deux divisions, la cinquième et la sixième, étaient détruites.

Hougomont entamé, la Haie-Sainte prise, il n'y avait plus qu'un nœud, le centre. Ce nœud-là tenait toujours. Wellington le renforça. Il y appela Hill qui était à Merbe-Braine, il y appela Chassé qui était à Braine-l'Alleud.

Le centre de l'armée anglaise, un peu concave, très-dense et très-compacte, était fortement situé. Il occupait le plateau de Mont-Saint-Jean, ayant derrière lui le village et devant lui la pente, assez âpre alors. Il s'adossait à cette forte maison de pierre, qui était à cette époque un bien domanial de Nivelles et qui marque l'intersection des routes, masse du seizième siècle si robuste que les boulets y ricochaient sans l'entamer. Tout autour du plateau, les anglais avaient taillé çà et là les haies, fait des embrasures dans les aubépines, mis une gueule de canon entre deux branches, crénelé les buissons. Leur artillerie était en embuscade sous les broussailles. Ce travail punique, incontestablement autorisé par la guerre qui admet le piège, était si bien fait que Haxo, envoyé par l'empereur à neuf heures du matin pour reconnaître les batte-

ries ennemies, n'en avait rien vu, et était revenu
dire à Napoléon qu'il n'y avait pas d'obstacle,
hors les deux barricades barrant les routes de Nivelles et de Genappe. C'était le moment où la moisson est haute; sur la lisière du plateau, un bataillon de la brigade Kempt, le 95ᵉ, armé de carabines,
était couché dans les grands blés.

Ainsi assuré et contre-buté, le centre de l'armée anglo-hollandaise était en bonne posture.

Le péril de cette position était la forêt de
Soignes, alors contiguë au champ de bataille et
coupée par les étangs de Groenendael et de Boits-
fort. Une armée n'eût pu y reculer sans se dis-
soudre; les régiments s'y fussent tout de suite
désagrégés. L'artillerie s'y fût perdue dans les
marais. La retraite, selon l'opinion de plusieurs
hommes du métier, contestée par d'autres, il est
vrai, eût été là un sauve-qui-peut.

Wellington ajouta à ce centre une brigade de
Chassé, ôtée à l'aile droite, et une brigade de
Wincke, ôtée à l'aile gauche, plus la division Clinton. A ses anglais, aux régiments de Halkett, à la
brigade de Mitchell, aux gardes de Maitland, il
donna comme épaulements et contre-forts l'infan-

teric de Brunswick, le contingent de Nassau, les hanovriens de Kielmansegge et les allemands d'Ompteda. Cela lui mit sous la main vingt-six bataillons. *L'aile droite,* comme dit Charras, *fut rabattue derrière le centre.* Une batterie énorme était masquée par des sacs à terre à l'endroit où est aujourd'hui ce qu'on appelle « le musée de Waterloo. » Wellington avait en outre dans un pli de terrain les dragons-gardes de Somerset, quatorze cents chevaux. C'était l'autre moitié de cette cavalerie anglaise, si justement célèbre. Ponsomby détruit, restait Somerset.

La batterie, qui, achevée, eût été presque une redoute, était disposée derrière un mur de jardin très-bas, revêtu à la hâte d'une chemise de sacs de sable et d'un large talus de terre. Cet ouvrage n'était pas fini ; on n'avait pas eu le temps de le palissader.

Wellington, inquiet, mais impassible. était à cheval, et y demeura toute la journée dans la même attitude, un peu en avant du vieux moulin de Mont-Saint-Jean, qui existe encore, sous un orme qu'un anglais, depuis, vandale enthousiaste, a acheté deux cents francs, scié et emporté. Welling-

ton fut là froidement héroïque. Les boulets pleu-
vaient. L'aide de camp Gordon venait de tomber
à côté de lui. Lord Hill, lui montrant un obus qui
éclatait, lui dit : — Mylord, quelles sont vos in-
structions, et quels ordres nous laissez-vous, si
vous vous faites tuer? — *De faire comme moi,*
répondit Wellington. A Clinton, il dit laconique-
ment : — *Tenir ici jusqu'au dernier homme.* — La
journée visiblement tournait mal. Wellington criait
à ses anciens compagnons de Talavera, de Vittoria
et de Salamanque : — *Boys* (garçons) ! *est-ce qu'on
peut songer à lâcher pied? pensez à la vieille Angleterre!*

Vers quatre heures, la ligne anglaise s'ébranla
en arrière. Tout à coup on ne vit plus sur la crête
du plateau que l'artillerie et les tirailleurs, le reste
disparut ; les régiments, chassés par les obus et
les boulets français, se replièrent dans le fond
que coupe encore aujourd'hui le sentier de service
de la ferme de Mont-Saint-Jean, un mouvement
rétrograde se fit, le front de bataille anglais se
déroba, Wellington recula. — Commencement de
retraite ! cria Napoléon.

VII

NAPOLÉON DE BELLE HUMEUR

L'empereur, quoique malade et gêné à cheval par une souffrance locale, n'avait jamais été de si bonne humeur que ce jour-là. Depuis le matin, son impénétrabilité souriait. Le 18 juin 1815, cette âme profonde, masquée de marbre, rayonnait aveuglément. L'homme qui avait été sombre à Austerlitz fut gai à Waterloo. Les plus grands prédestinés font de ces contre-sens. Nos joies sont de l'ombre. Le suprême sourire est à Dieu.

Ridet Cæsar, Pompeius flebit, disaient les légionnaires de la légion Fulminatrix. Pompée cette fois ne devait pas pleurer, mais il est certain que César riait.

Dès la veille, la nuit, à une heure, explorant à cheval, sous l'orage et sous la pluie, avec Bertrand, les collines qui avoisinent Rossomme, satisfait de voir la longue ligne des feux anglais illuminant tout l'horizon de Frischemont à Braine-l'Alleud, il lui avait semblé que le destin, assigné par lui à jour fixe sur le champ de Waterloo, était exact; il avait arrêté son cheval, et était demeuré quelque temps immobile, regardant les éclairs, écoutant le tonnerre; et on avait entendu ce fataliste jeter dans l'ombre cette parole mystérieuse : « Nous sommes d'accord. » Napoléon se trompait. Ils n'étaient plus d'accord.

Il n'avait pas pris une minute de sommeil; tous les instants de cette nuit-là avaient été marqués pour lui par une joie. Il avait parcouru toute la ligne des grand'gardes, en s'arrêtant çà et là pour parler aux vedettes. A deux heures et demie, près

du bois d'Hougomont, il avait entendu le pas d'une
colonne en marche; il avait cru un moment à la
reculade de Wellington. Il avait dit : *c'est l'arrière-
garde anglaise qui s'ébranle pour décamper. Je
ferai prisonniers les six mille anglais qui viennent
d'arriver à Ostende.* Il causait avec expansion; il
avait retrouvé cette verve du débarquement du
1er mars, quand il montrait au grand maréchal le
paysan enthousiaste du golfe Juan, en s'écriant :
— *Eh bien, Bertrand, voilà déjà du renfort!* La
nuit du 17 au 18 juin, il raillait Wellington. — *Ce
petit anglais a besoin d'une leçon,* disait Napoléon.
La pluie redoublait; il tonnait pendant que l'empereur parlait.

A trois heures et demie du matin, il avait perdu
une illusion; des officiers envoyés en reconnaissance lui avaient annoncé que l'ennemi ne faisait
aucun mouvement. Rien ne bougeait, pas un feu
de bivouac n'était éteint. L'armée anglaise dormait.
Le silence était profond sur la terre; il n'y avait de
bruit que dans le ciel. A quatre heures, un paysan
lui avait été amené par les coureurs; ce paysan
avait servi de guide à une brigade de cavalerie
anglaise, probablement la brigade Vivian, qui allait

prendre position au village d'Ohain, à l'extrême gauche. A cinq heures, deux déserteurs belges lui avaient rapporté qu'ils venaient de quitter leur régiment, et que l'armée anglaise attendait la bataille. — *Tant mieux!* s'était écrié Napoléon. *J'aime encore mieux les culbuter que les refouler.*

Le matin, sur la berge qui fait l'angle du chemin de Plancenoit, il avait mis pied à terre dans la boue, s'était fait apporter de la ferme de Rossomme une table de cuisine et une chaise de paysan, s'était assis, avec une botte de paille pour tapis, et avait déployé sur la table la carte du champ de bataille, en disant à Soult : *Joli échiquier!*

Par suite des pluies de la nuit, les convois de vivres, empêtrés dans des routes défoncées, n'avaient pu arriver le matin, le soldat n'avait pas dormi, était mouillé et était à jeun, cela n'avait pas empêché Napoléon de crier allégrement à Ney : *Nous avons quatre-vingt-dix chances sur cent.* A huit heures, on avait apporté le déjeuner de l'empereur. Il y avait invité plusieurs généraux. Tout en déjeunant, on avait raconté que Wellington était l'avant-veille au bal à Bruxelles, chez la duchesse

de Somerset, et Soult, rude homme de guerre avec
sa figure d'archevêque, avait dit : *le bal, c'est
aujourd'hui*. L'empereur avait plaisanté Ney qui
disait : *Wellington ne sera pas assez simple pour
attendre Votre Majesté*. C'était là d'ailleurs sa manière. *Il badinait volontiers,* dit Fleury de Cha-
boulon. *Le fond de son caractère était une humeur
enjouée,* dit Gourgaud. *Il abondait en plaisanteries,
plutôt bizarres que spirituelles,* dit Benjamin Constant. Ces gaîtés de géant valent la peine qu'on y
insiste. C'est lui qui avait appelé ses grenadiers
« les grognards; » il leur pinçait l'oreille, il leur
tirait la moustache. *L'empereur ne faisait que nous
faire des niches;* ceci est un mot de l'un d'eux. Pendant le mystérieux trajet de l'île d'Elbe en France, le
27 février, en pleine mer, le brick de guerre français le *Zéphir* ayant rencontré le brick l'*Inconstant*
où Napoléon était caché et ayant demandé à l'*Inconstant* des nouvelles de Napoléon, l'empereur,
qui avait encore en ce moment-là à son chapeau
la cocarde blanche et amarante semée d'abeilles,
adoptée par lui à l'île d'Elbe, avait pris en riant le
porte-voix et avait répondu lui-même : *l'empereur
se porte bien*. Qui rit de la sorte est en familiarité

avec les événements. Napoléon avait eu plusieurs accès de ce rire pendant le déjeuner de Waterloo. Après le déjeuner il s'était recueilli un quart d'heure, puis deux généraux s'étaient assis sur la botte de paille, une plume à la main, une feuille de papier sur le genou, et l'empereur leur avait dicté l'ordre de bataille.

A neuf heures, à l'instant où l'armée française, échelonnée et mise en mouvement sur cinq colonnes, s'était déployée, les divisions sur deux lignes, l'artillerie entre les brigades, musique en tête, battant aux champs, avec les roulements des tambours et les sonneries des trompettes, puissante, vaste, joyeuse, mer de casques, de sabres et de baïonnettes sur l'horizon, l'empereur, ému, s'était écrié à deux reprises : magnifique ! magnifique !

De neuf heures à dix heures et demie, toute l'armée, ce qui semble incroyable, avait pris position et s'était rangée sur six lignes, formant, pour répéter l'expression de l'empereur, « la figure de six V. » Quelques instants après la formation du front en bataille, au milieu de ce profond silence de commencement d'orage qui précède les mêlées, voyant défiler les trois batteries de douze, détachées sur son ordre des trois corps de d'Erlon, de Reille et de Lobau, et destinées à commencer l'action en battant Mont-Saint-Jean où est l'intersection des routes de Nivelles et de Genappe, l'empereur avait frappé sur l'épaule de Haxo en lui disant : *Voilà vingt-quatre belles filles, général.*

Sûr de l'issue, il avait encouragé d'un sourire, à son passage devant lui, la compagnie de sapeurs du premier corps, désignée par lui pour se barricader dans Mont-Saint-Jean, sitôt le village enlevé. Toute cette sérénité n'avait été traversée que par un mot de pitié hautaine ; en voyant à sa gauche, à un endroit où il y a aujourd'hui une grande tombe, se masser avec leurs chevaux superbes ces admirables écossais gris, il avait dit : *C'est dommage.*

Puis il était monté à cheval, s'était porté en avant de Rossomme, et avait choisi pour observatoire une étroite croupe de gazon à droite de la route de Genappe à Bruxelles qui fut sa seconde station pendant la bataille. La troisième station, celle de sept heures du soir, entre la

Belle-Alliance et la Haie-Sainte, est redoutable ;
c'est un tertre assez élevé qui existe encore et
derrière lequel la garde était massée dans une dé-
clivité de la plaine. Autour de ce tertre, les boulets ricochaient sur le pavé de la chaussée jusqu'à
Napoléon. Comme à Brienne, il avait sur sa tête
le sifflement des balles et des biscaïens. On a ramassé, presque à l'endroit où étaient les pieds de
son cheval, des boulets vermoulus, de vieilles
lames de sabre et des projectiles informes, mangés
de rouille. *Scabra rubigine*. Il y a quelques années,
on y a déterré un obus de soixante, encore chargé,
dont la fusée s'était brisée au ras de la bombe.
C'est à cette dernière station que l'empereur disait
à son guide Lacoste, paysan hostile, effaré, atta-
ché à la selle d'un hussard, se retournant à chaque
paquet de mitraille, et tâchant de se cacher derrière Napoléon : — *Imbécile, c'est honteux. Tu
vas te faire tuer dans le dos.* Celui qui écrit ces
lignes a trouvé lui-même dans le talus friable de
ce tertre, en creusant le sable, les restes du col
d'une bombe, désagrégés par l'oxyde de quarante-
six années, et de vieux tronçons de fer qui cassaient
comme des bâtons de sureau entre ses doigts.

Les ondulations des plaines diversement incli-
nées où eut lieu la rencontre de Napoléon et de
Wellington ne sont plus, personne ne l'ignore, ce
qu'elles étaient le 18 juin 1815. En prenant à ce
champ funèbre de quoi lui faire un monument, on
lui a ôté son relief réel, et l'histoire déconcertée
ne s'y reconnaît plus. Pour le glorifier, on l'a dé-
figuré. Wellington, deux ans après, revoyant Waterloo, s'est écrié : *On m'a changé mon champ de
bataille.* Là où est aujourd'hui la grosse pyramide
de terre surmontée du lion, il y avait une crête qui
vers la route de Nivelles s'abaissait en rampe pra-
ticable, mais qui du côté de la chaussée de Genappe était presque un escarpement. L'élévation
de cet escarpement peut encore être mesurée aujourd'hui par la hauteur des deux tertres des deux
grandes sépultures qui encaissent la route de Genappe à Bruxelles : l'une le tombeau anglais, à
gauche ; l'autre le tombeau allemand, à droite. Il
n'y a point de tombeau français. Pour la France,
toute cette plaine est sépulcre. Grâce aux mille et
mille charretées de terre employées à 'la butte de
cent cinquante pieds de haut et d'un demi-mille
de circuit, le plateau de Mont-Saint-Jean est au-

jourd'hui accessible en pente douce ; le jour de la
bataille, surtout du côté de la Haie-Sainte, il était
d'un abord âpre et abrupt. Le versant là était si
incliné que les canons anglais ne voyaient pas au-
dessous d'eux la ferme située au fond du vallon,
centre du combat. Le 18 juin 1815, les pluies
avaient encore raviné cette roideur, la fange com-
pliquait la montée, et non-seulement on gravissait,
mais on s'embourbait. Le long de la crête du plateau courait une sorte de fossé impossible à deviner pour un observateur lointain.

Qu'était-ce que ce fossé ? disons-le. Braine-
l'Alleud est un village de Belgique, Ohain en est
un autre. Ces villages, cachés tous les deux dans
des courbes de terrain, sont joints par un chemin
d'une lieue et demie environ qui traverse une
plaine à niveau ondulant, et souvent entre et s'enfonce dans des collines comme un sillon, ce qui
fait que sur divers points cette route est un ravin.
En 1815, comme aujourd'hui, cette route coupait
la crête du plateau de Mont-Saint-Jean entre les
deux chaussées de Genappe et de Nivelles ; seulement, elle est aujourd'hui de plain-pied avec la
plaine ; elle était alors chemin creux. On lui a

pris ses deux talus pour la butte-monument. Cette
route était et est encore une tranchée dans la plus
grande partie de son parcours; tranchée creuse
quelquefois d'une douzaine de pieds et dont les
talus trop escarpés s'écroulaient çà et là, surtout en
hiver, sous les averses. Des accidents y arrivaient.
La route était si étroite à l'entrée de Braine-l'Alleud qu'un passant y avait été broyé par un chariot, comme le constate une croix de pierre debout
près du cimetière qui donne le nom du mort,
Monsieur Bernard Debrye, marchand à Bruxelles,
et la date de l'accident, *février 1637* (*). Elle était
si profonde sur le plateau du Mont-Saint-Jean,
qu'un paysan, Mathieu Nicaise, y avait été écrasé
en 1783 par un éboulement du talus, comme le
constatait une autre croix de pierre dont le faîte a

(*) Voici l'inscription :

DOM
CY A ETE ECRASE
PAR MALHEUR
SOUS UN CHARIOT
MONSIEUR BERNARD
DE BRYE MARCHAND
A BRUXELLE LE (illisible)
FEBVRIER 1637

disparu dans les défrichements, mais dont le piédestal renversé est encore visible aujourd'hui sur la pente du gazon à gauche de la chaussée entre la Haie-Sainte et la ferme de Mont-Saint-Jean.

Un jour de bataille, ce chemin creux dont rien n'avertissait, bordant la crête de Mont-Saint-Jean, fossé au sommet de l'escarpement, ornière cachée dans les terres, était invisible, c'est-à-dire terrible.

VIII

L'EMPEREUR FAIT UNE QUESTION AU GUIDE
LACOSTE

Donc, le matin de Waterloo, Napoléon était content.

Il avait raison ; le plan de bataille, conçu par lui, nous l'avons constaté, était en effet admirable.

Une fois la bataille engagée, ses péripéties très-diverses, la résistance d'Hougomont, la ténacité de la Haie-Sainte, Bauduin tué, Foy mis hors de combat, la muraille inattendue où s'était brisée la brigade Soye, l'étourderie fatale de Guilleminot n'ayant ni pétards ni sacs à poudre, l'embourbement des batteries, les quinze pièces sans escorte culbutées par Uxbridge dans un chemin creux, le peu d'effet des bombes tombant dans les lignes anglaises, s'y enfouissant dans le sol détrempé par les pluies et ne réussissant qu'à y faire des volcans de boue, de sorte que la mitraille se changeait en éclaboussure, l'inutilité de la démonstration de Piré sur Braine-l'Alleud, toute cette cavalerie, quinze escadrons, à peu près annulée, l'aile droite anglaise mal inquiétée, l'aile gauche mal entamée, l'étrange malentendu de Ney massant, au lieu de les échelonner, les quatre divisions du premier corps, des épaisseurs de vingt-sept rangs et des fronts de deux cents hommes livrés de la sorte à la mitraille, l'effrayante trouée des boulets dans ces masses, les colonnes d'attaque désunies, la batterie d'écharpe brusquement démasquée sur leur flanc, Bourgeois, Donzelot et Durutte compromis, Quiot repoussé, le lieutenant Vieux, cet hercule sorti de l'école polytechnique, blessé au

moment où il enfonçait à coups de hache la porte
de la Haie-Sainte sous le feu plongeant de la barricade anglaise barrant le coude de la route de Genappe à Bruxelles, la division Marcognet, prise
entre l'infanterie et la cavalerie, fusillée à bout
portant dans les blés par Best et Pack, sabrée par
Ponsomby, sa batterie de sept pièces enclouée, le
prince de Saxe-Weymar tenant et gardant, malgré
le comte d'Erlon, Frischemont et Smohain, le drapeau du 105° pris, le drapeau du 45° pris, ce hussard noir prussien arrêté par les coureurs de la
colonne volante de trois cents chasseurs battant
l'estrade entre Wavre et Plancenoit, les choses in-
quiétantes que ce prisonnier avait dites, le retard
de Grouchy, les quinze cents hommes tués en
moins d'une heure dans le verger d'Hougomont,
les dix-huit cents hommes couchés en moins de
temps encore autour de la Haie-Sainte, tous ces
incidents orageux, passant comme les nuées de la
bataille devant Napoléon, avaient à peine troublé
son regard et n'avaient point assombri cette face
impériale de la certitude. Napoléon était habitué à
regarder la guerre fixement; il ne faisait jamais
chiffre à chiffre l'addition poignante du détail; les

chiffres lui importaient peu, pourvu qu'ils donnassent ce total : Victoire ; que les commencements s'égarassent, il ne s'en alarmait point, lui qui se croyait maître et possesseur de la fin ; il savait attendre, se supposant hors de question, et il traitait le destin d'égal à égal. Il paraissait dire au sort : tu n'oserais pas.

Mi-parti lumière et ombre, Napoléon se sentait protégé dans le bien et toléré dans le mal. Il avait, ou croyait avoir pour lui, une connivence, on pourrait presque dire une complicité des événements, équivalente à l'antique invulnérabilité.

Pourtant, quand on a derrière soi la Bérésina, Leipsick et Fontainebleau, il semble qu'on pourrait se défier de Waterloo. Un mystérieux froncement de sourcil devient visible au fond du ciel.

Au moment où Wellington rétrograda, Napoléon tressaillit. Il vit subitement le plateau de Mont-Saint-Jean se dégarnir et le front de l'armée anglaise disparaître. Elle se ralliait, mais se dérobait. L'empereur se souleva à demi sur ses étriers. L'éclair de la victoire passa dans ses yeux.

Wellington acculé à la forêt de Soignes et détruit, c'était le terrassement définitif de l'Angle-

terre par la France ; c'était Crécy, Poitiers, Mal-
plaquet et Ramillies vengés. L'homme de Marengo
raturait Azincourt.

L'empereur alors, méditant la péripétie terrible,
promena une dernière fois sa lunette sur tous les
points du champ de bataille. Sa garde, l'arme au
pied derrière lui, l'observait d'en bas avec une
sorte de religion. Il songeait ; il examinait les ver-
sants, notait les pentes, scrutait le bouquet d'arbres, le carré de seigles, le sentier ; il semblait
compter chaque buisson. Il regarda avec quelque
fixité les barricades anglaises des deux chaussées,
deux larges abatis d'arbres, celle de la chaussée
de Genappe au-dessus de la Haie-Sainte, armée
de deux canons, les seuls de toute l'artillerie anglaise qui vissent le fond du champ de bataille,
et celle de la chaussée de Nivelles où étincelaient
les baïonnettes hollandaises de la brigade Chassé.
Il remarqua près de cette barricade la vieille chapelle de Saint-Nicolas peinte en blanc qui est à
l'angle de la traverse vers Braine-l'Alleud. Il se
pencha et parla à demi-voix au guide Lacoste. Le
guide fit un signe de tête négatif, probablement
perfide.

L'empereur se redressa et se recueillit.

Wellington avait reculé.

Il ne restait plus qu'à achever ce recul par un écrasement.

Napoléon, se retournant brusquement, expédia une estafette à franc étrier à Paris pour y annoncer que la bataille était gagnée.

Napoléon était un de ces génies d'où sort le tonnerre.

Il venait de trouver son coup de foudre.

Il donna l'ordre aux cuirassiers de Milhaud d'enlever le plateau de Mont-Saint-Jean.

IX

L'INATTENDU

Ils étaient trois mille cinq cent. Ils faisaient un
front d'un quart de lieue. C'étaient des hommes
géants sur des chevaux colosses. Ils étaient vingt-
six escadrons ; et ils avaient derrière eux, pour les
appuyer, la division de Lefcbvre Desnouettes, les
cent six gendarmes d'élite, les chasseurs de la
garde, onze cent quatre-vingt-dix-sept hommes,
et les lanciers de la garde, huit cent quatre-vingts

lances. Ils portaient le casque sans crins et la cuirasse de fer battu, avec les pistolets d'arçon dans les fontes et le long sabre-épée. Le matin toute l'armée les avait admirés, quand, à neuf heures, les clairons sonnant, toutes les musiques chantant : *Veillons au salut de l'empire*, ils étaient venus, colonne épaisse, une de leurs batteries à leur flanc, l'autre à leur centre, se déployer sur deux rangs entre la chaussée de Genappe et Frischemont, et prendre leur place de bataille dans cette puissante deuxième ligne, si savamment composée par Napoléon, laquelle, ayant à son extrémité de gauche les cuirassiers de Kellermann et à son extrémité de droite les cuirassiers de Milhaud, avait, pour ainsi dire, deux ailes de fer.

L'aide de camp Bernard leur porta l'ordre de l'empereur. Ney tira son épée et prit la tête. Les escadrons énormes s'ébranlèrent.

Alors on vit un spectacle formidable.

Toute cette cavalerie, sabres levés, étendards et trompettes au vent, formée en colonne par division, descendit d'un même mouvement et comme un seul homme, avec la précision d'un bélier de bronze qui ouvre une brèche, la colline de la Belle-Alliance. s'enfonça dans le fond redoutable où tant d'hommes déjà étaient tombés, y disparut dans la fumée, puis, sortant de cette ombre, reparut de l'autre côté du vallon, toujours compacte et serrée, montant au grand trot, à travers un nuage de mitraille crevant sur elle, l'épouvantable pente de boue du plateau de Mont-Saint-Jean. Ils montaient, graves, menaçants, imperturbables ; dans les intervalles de la mousqueterie et de l'artillerie, on entendait ce piétinement colossal. Étant deux divisions, ils étaient deux colonnes ; la division Wathier avait la droite, la division Delord avait la gauche. On croyait voir de loin s'allonger vers la crête du plateau deux immenses couleuvres d'acier. Cela traversa la bataille comme un prodige.

Rien de semblable ne s'était vu depuis la prise de la grande redoute de la Moskowa par la grosse cavalerie ; Murat y manquait, mais Ney s'y retrouvait. Il semblait que cette masse était devenue monstre et n'eût qu'une âme. Chaque escadron ondulait et se gonflait comme un anneau du polype. On les apercevait à travers une vaste fumée déchirée çà et là. Pêle-mêle de casques, de cris, de sabres, bondissement orageux des croupes des

chevaux dans le canon et la fanfare, tumulte disci-
pliné et terrible ; là-dessus les cuirasses, comme les
écailles sur l'hydre.

Ces récits semblent d'un autre âge. Quelque
chose de pareil à cette vision apparaissait sans doute
dans les vieilles épopées orphiques racontant les
hommes-chevaux, les antiques hippanthropes, ces
titans à face humaine et à poitrail équestre dont le
galop escalada l'Olympe, horribles, invulnérables,
sublimes; dieux et bêtes.

Bizarre coïncidence numérique, vingt-six bataillons allaient recevoir ces vingt-six escadrons. Derrière la crête du plateau, à l'ombre de la batterie
masquée, l'infanterie anglaise, formée en treize
carrés, deux bataillons par carré, et sur deux
lignes, sept sur la première, six sur la seconde, la
crosse à l'épaule, couchant en joue ce qui allait
venir, calme, muette, immobile, attendait. Elle ne
voyait pas les cuirassiers et les cuirassiers ne la
voyaient pas. Elle écoutait monter cette marée
d'hommes. Elle entendait le grossissement du bruit
des trois mille chevaux, le frappement alternatif
et symétrique des sabots au grand trot, le froissement des cuirasses, le cliquetis des sabres, et une

sorte de grand souffle farouche. Il y eut un silence redoutable, puis, subitement, une longue file de bras levés brandissant des sabres apparut au-dessus de la crête, et les casques, et les trompettes, et les étendards, et trois mille têtes à moustaches grises criant : vive l'empereur ! Toute cette cavalerie déboucha sur le plateau, et ce fut comme l'entrée d'un tremblement de terre.

Tout à coup, chose tragique, à la gauche des anglais, à notre droite, la tête de colonne des cuirassiers se cabra avec une clameur effroyable. Parvenus au point culminant de la crête, effrénés, tout à leur furie et à leur course d'extermination sur les carrés et les canons, les cuirassiers venaient d'apercevoir entre eux et les anglais un fossé, une fosse. C'était le chemin creux d'Ohain.

L'instant fut épouvantable. Le ravin était là, inattendu, béant, à pic sous les pieds des chevaux, profond de deux toises entre son double talus ; le second rang y poussa le premier, et le troisième y poussa le second ; les chevaux se dressaient, se rejetaient en arrière, tombaient sur la croupe, glissaient les quatre pieds en l'air, pilant et bouleversant les cavaliers, aucun moyen de reculer,

toute la colonne n'était plus qu'un projectile, la
force acquise pour écraser les anglais écrasa les
français, le ravin inexorable ne pouvait se rendre
que comblé ; cavaliers et chevaux y roulèrent
pêle-mêle se broyant les uns les autres, ne faisant qu'une chair dans ce gouffre, et quand cette
fosse fut pleine d'hommes vivants, on marcha
dessus et le reste passa. Presque un tiers de la brigade Dubois croula dans cet abîme.

Ceci commença la perte de la bataille.

Une tradition locale, qui exagère évidemment,
dit que deux mille chevaux et quinze cents hommes
furent ensevelis dans le chemin creux d'Ohain. Ce
chiffre vraisemblablement comprend tous les autres
cadavres qu'on jeta dans ce ravin le lendemain du
combat.

Napoléon, avant d'ordonner cette charge des
cuirassiers de Milhaud, avait scruté le terrain, mais
n'avait pu voir ce chemin creux qui ne faisait pas
même une ride à la surface du plateau. Averti
pourtant et mis en éveil par la petite chapelle blanche qui en marque l'angle sur la chaussée de Nivelles, il avait fait, probablement sur l'éventualité
d'un obstacle, une question au guide Lacoste. Le

guide avait répondu non. On pourrait presque dire
que de ce signe de tête d'un paysan est sortie la
catastrophe de Napoléon.

D'autres fatalités encore devaient surgir.

Était-il possible que Napoléon gagnât cette
bataille ? nous répondons non. Pourquoi ? à cause
de Wellington ? à cause de Blucher ? non. A cause
de Dieu.

Bonaparte vainqueur à Waterloo, ceci n'était
plus dans la loi du dix-neuvième siècle. Une autre
série de faits se préparait, où Napoléon n'avait plus
de place. La mauvaise volonté des événements s'é-
tait annoncée de longue date.

Il était temps que cet homme vaste tombât.

L'excessive pesanteur de cet homme dans la destinée humaine troublait l'équilibre. Cet individu
comptait à lui seul plus que le groupe universel.
Ces pléthores de toute la vitalité humaine concen-
trée dans une seule tête, le monde montant au cerveau d'un homme, cela serait mortel à la civilisation, si cela durait. Le moment était venu pour
l'incorruptible équité suprême d'aviser. Probablement les principes et les éléments, d'où dépendent
les gravitations régulières dans l'ordre moral

comme dans l'ordre matériel, se plaignaient. Le sang qui fume, le trop-plein des cimetières, les mères en larmes, ce sont des plaidoyers redoutables. Il y a, quand la terre souffre d'une surcharge, de mystérieux gémissements de l'ombre, que l'abîme entend.

Napoléon avait été dénoncé dans l'infini, et sa chute était décidée.

Il gênait Dieu.

Waterloo n'est point une bataille ; c'est le changement de front de l'univers.

X

LE PLATEAU DE MONT-SAINT-JEAN

En même temps que le ravin, la batterie s'était démasquée.

Soixante canons et les treize carrés foudroyèrent les cuirassiers à bout portant. L'intrépide général Delord fit le salut militaire à la batterie anglaise.

Toute l'artillerie volante anglaise était rentrée au galop dans les carrés. Les cuirassiers n'eurent pas même un temps d'arrêt. Le désastre du chemin creux les avait décimés, mais non découragés. C'étaient de ces hommes qui, diminués de nombre, grandissent de cœur.

La colonne Wathier seule avait souffert du désastre ; la colonne Delord, que Ney avait fait obliquer à gauche, comme s'il pressentait l'embûche, était arrivée entière.

Les cuirassiers se ruèrent sur les carrés anglais.

Ventre à terre, brides lâchées, sabre aux dents, pistolets au poing, telle fut l'attaque.

Il y a des moments dans les batailles où l'âme durcit l'homme jusqu'à changer le soldat en statue, et où toute cette chair se fait granit. Les bataillons anglais, éperdument assaillis, ne bougèrent pas.

Alors ce fut effrayant.

Toutes les faces des carrés anglais furent attaquées à la fois. Un tournoiement frénétique les enveloppa. Cette froide infanterie demeura impassible. Le premier rang, genou en terre, recevait les cuirassiers sur les baïonnettes, le second rang les fusillait ; derrière le second rang les canonniers chargeaient les pièces, le front du carré s'ouvrait, laissait passer une éruption de mitraille et se refermait. Les cuirassiers répondaient par l'écrase-

ment. Leurs grands chevaux se cabraient, enjam-
baient les rangs, sautaient par-dessus les baïonnettes et tombaient, gigantesques, au milieu de ces
quatre murs vivants. Les boulets faisaient des
trouées dans les cuirassiers, les cuirassiers faisaient
des brèches dans les carrés. Des files d'hommes
disparaissaient broyées sous les chevaux. Les
baïonnettes s'enfonçaient dans les ventres de ces
centaures. De là une difformité de blessures qu'on
n'a pas vue peut-être ailleurs. Les carrés, rongés
par cette cavalerie forcenée, se rétrécissaient sans
broncher. Inépuisables en mitraille, ils faisaient
explosion au milieu des assaillants. La figure de ce
combat était monstrueuse. Ces carrés n'étaient
plus des bataillons, c'étaient des cratères; ces cuirassiers n'étaient plus une cavalerie, c'était une
tempête. Chaque carré était un volcan attaqué par
un nuage; la lave combattait la foudre.

Le carré extrême de droite, le plus exposé de
tous, étant en l'air, fut presque anéanti dès les
premiers chocs. Il était formé du 75ᵉ régiment de
highlanders. Le joueur de cornemuse au centre,
pendant qu'on s'exterminait autour de lui, bais-
sant dans une inattention profonde son œil mélan-

colique plein du reflet des forêts et des lacs, assis
sur un tambour, son pibroch sous le bras, jouait
les airs de la montagne. Ces écossais mouraient en
pensant au Ben Lothian, comme les grecs en se
souvenant d'Argos. Le sabre d'un cuirassier, abat-
tant le pibroch et le bras qui le portait, fit cesser
le chant en tuant le chanteur.

Les cuirassiers, relativement peu nombreux,
amoindris par la catastrophe du ravin, avaient là
contre eux presque toute l'armée anglaise, mais
ils se multipliaient, chaque homme valant dix.
Cependant quelques bataillons hanovriens plièrent.
Wellington le vit, et songea à sa cavalerie. Si
Napoléon, en ce moment-là même, eût songé à son
infanterie, il eût gagné la bataille. Cet oubli fut sa
grande faute fatale.

Tout à coup les cuirassiers assaillants se sen-
tirent assaillis. La cavalerie anglaise était sur leur
dos. Devant eux les carrés, derrière eux Somerset;
Somerset, c'étaient les quatorze cents dragons-
gardes. Somerset avait à sa droite Dornberg avec
les chevau-légers allemands, et à sa gauche Trip
avec les carabiniers belges; les cuirassiers, atta-
qués en flanc et en tête, en avant et en arrière,

par l'infanterie et par la cavalerie, durent faire face
de tous les côtés. Que leur importait? ils étaient
tourbillon. La bravoure devint inexprimable.

En outre, ils avaient derrière eux la batterie
toujours tonnante. Il fallait cela pour que ces
hommes fussent blessés dans le dos. Une de leurs
cuirasses, trouée à l'omoplate gauche d'un biscaïen, est dans la collection du musée de Waterloo.

Pour de tels français, il ne fallait pas moins que
de tels anglais.

Ce ne fut plus une mêlée, ce fut une ombre, une
furie, un vertigineux emportement d'âmes et de
courages, un ouragan d'épées-éclairs. En un instant les quatorze cents dragons-gardes ne furent
plus que huit cents; Fuller, leur lieutenant-colo-
nel, tomba mort. Ney accourut avec les lanciers et
les chasseurs de Lefebvre-Desnouettes. Le plateau de Mont-Saint-Jean fut pris, repris, pris encore. Les cuirassiers quittaient la cavalerie pour
retourner à l'infanterie, ou, pour mieux dire, toute
cette cohue formidable se colletait sans que l'un
lâchât l'autre. Les carrés tenaient toujours. Il y eut
douze assauts. Ney eut quatre chevaux tués sous

lui. La moitié des cuirassiers resta sur le plateau.
Cette lutte dura deux heures.

L'armée anglaise en fut profondément ébranlée.
Nul doute que, s'ils n'eussent été affaiblis dans
leur premier choc par le désastre du chemin creux,
les cuirassiers n'eussent culbuté le centre et décidé
la victoire. Cette cavalerie extraordinaire pétrifia
Clinton qui avait vu Talavera et Badajoz. Wellington, aux trois quarts vaincu, admirait héroïque-
ment. Il disait à demi-voix : sublime (*) !

Les cuirassiers anéantirent sept carrés sur treize,
prirent ou enclouèrent soixante pièces de canon,
et enlevèrent aux régiments anglais six drapeaux,
que trois cuirassiers et trois chasseurs de la garde
allèrent porter à l'empereur devant la ferme de la
Belle-Alliance.

La situation de Wellington avait empiré. Cette
étrange bataille était comme un duel entre deux
blessés acharnés qui, chacun de leur côté, tout en
combattant et en se résistant toujours, perdent tout
leur sang. Lequel des deux tombera le premier?

La lutte du plateau continuait.

(*) *Splendid !* mot textuel.

Jusqu'où sont allés les cuirassiers? personne ne saurait le dire. Ce qui est certain, c'est que, le lendemain de la bataille, un cuirassier et son cheval furent trouvés morts dans la charpente de la bascule du pesage des voitures à Mont-Saint-Jean, au point même où s'entrecoupent et se rencontrent les quatre routes de Nivelles, de Genappe, de La Hulpe et de Bruxelles. Ce cavalier avait percé les lignes anglaises. Un des hommes qui ont relevé ce cadavre vit encore à Mont-Saint-Jean. Il se nomme Dehaze. Il avait alors dix-huit ans.

Wellington se sentait pencher. La crise était proche.

Les cuirassiers n'avaient point réussi, en ce sens que le centre n'était pas enfoncé. Tout le monde ayant le plateau, personne ne l'avait, et en somme il restait pour la grande part aux anglais. Wellington avait le village et la plaine culminante; Ney n'avait que la crête et la pente. Des deux côtés on semblait enraciné dans ce sol funèbre.

Mais l'affaiblissement des anglais paraissait irrémédiable. L'hémorragie de cette armée était horrible. Kempt, à l'aile gauche, réclamait du renfort.

— *Il n'y en a pas*, répondait Wellington, *qu'il se*

fasse tuer ! — Presque à la même minute, rapprochement singulier qui peint l'épuisement des deux armées, Ney demandait de l'infanterie à Napoléon, et Napoléon s'écriait : *De l'infanterie ! où veut-il que j'en prenne ? Veut-il que j'en fasse ?*

Pourtant l'armée anglaise était la plus malade. Les poussées furieuses de ces grands escadrons à cuirasses de fer et à poitrines d'acier avaient broyé l'infanterie. Quelques hommes autour d'un drapeau marquaient la place d'un régiment, tel bataillon n'était plus commandé que par un capitaine ou par un lieutenant; la division Alten, déjà si maltraitée à la Haie-Sainte, était presque détruite; les intrépides belges de la brigade Van Kluze jonchaient les seigles le long de la route de Nivelles; il ne restait presque rien de ces grenadiers hollandais qui, en 1811, mêlés en Espagne à nos rangs, combattaient Wellington, et qui, en 1815, ralliés aux anglais, combattaient Napoléon. La perte en officiers était considérable. Lord Uxbridge, qui le lendemain fit enterrer sa jambe, avait le genou fracassé. Si, du côté des français, dans cette lutte des cuirassiers, Delord, l'Héritier, Colbert, Dnop, Travers et Blancard étaient hors de combat, du

côté des anglais, Alten était blessé, Barne était
blessé, Delancey était tué, Van Meeren était tué,
Ompteda était tué, tout l'état-major de Wellington
était décimé, et l'Angleterre avait le pire partage
dans ce sanglant équilibre. Le 2ᵉ régiment des
gardes à pied avait perdu cinq lieutenants-colonels,
quatre capitaines et trois enseignes ; le premier
bataillon du 30ᵉ d'infanterie avait perdu vingt-
quatre officiers et cent douze soldats ; le 79ᵉ mon-
tagnards avait vingt-quatre officiers blessés, dix-
huit officiers morts, quatre cent cinquante soldats
tués. Les hussards hanovriens de Cumberland, un
régiment tout entier, ayant à sa tête son colonel
Hacke, qui devait plus tard être jugé et cassé,
avaient tourné bride devant la mêlée et étaient en
fuite dans la forêt de Soignes, semant la déroute
jusqu'à Bruxelles. Les charrois, les prolonges, les
bagages, les fourgons pleins de blessés, voyant les
français gagner du terrain et s'approcher de la
forêt, s'y précipitaient ; les hollandais, sabrés par
la cavalerie française, criaient : alarme ! De Vert-
Coucou jusqu'à Groenendael, sur une longueur de
près de deux lieues dans la direction de Bruxelles,
il y avait, au dire des témoins qui existent encore,

un encombrement de fuyards. Cette panique fut telle qu'elle gagna le prince de Condé à Malines et Louis XVIII à Gand. A l'exception de la faible réserve échelonnée derrière l'ambulance établie dans la ferme de Mont-Saint-Jean et des brigades Vivian et Vandeleur qui flanquaient l'aile gauche, Wellington n'avait plus de cavalerie. Nombre de batteries gisaient démontées. Ces faits sont avoués par Siborne; et Pringle, exagérant le désastre, va jusqu'à dire que l'armée anglo-hollandaise était réduite à trente-quatre mille hommes. Le duc-de-Fer demeurait calme, mais ses lèvres avaient blêmi. Le commissaire autrichien Vincent, le commissaire espagnol Alava, présents à la bataille dans l'état-major anglais, croyaient le duc perdu. A cinq heures, Wellington tira sa montre, et on l'entendit murmurer ce mot sombre : *Blucher, ou la nuit !*

Ce fut vers ce moment-là qu'une ligne lointaine de baïonnettes étincela sur les hauteurs du côté de Frischemont.

Ici est la péripétie de ce drame géant.

XI

MAUVAIS GUIDE A NAPOLÉON, BON GUIDE
A BULOW

On connaît la poignante méprise de Napoléon ;
Grouchy espéré, Blücher survenant ; la mort au
lieu de la vie.

La destinée a de ces tournants ; on s'attendait
au trône du monde ; on aperçoit Sainte-Hélène.

Si le petit pâtre, qui servait de guide à Bülow,
lieutenant de Blücher, lui eût conseillé de débou-

cher de la forêt au-dessus de Frischemont plutôt
qu'au-dessous de Plancenoit, la forme du dix-
neuvième siècle eût peut-être été différente. Napoléon eût gagné la bataille de Waterloo. Par tout
autre chemin qu'au-dessous de Plancenoit, l'armée
prussienne aboutissait à un ravin infranchissable à
l'artillerie, et Bülow n'arrivait pas.

Or, une heure de retard, c'est le général prussien Muffling qui le déclare, et Blücher n'aurait
plus trouvé Wellington debout; « la bataille était
perdue. »

Il était temps, on le voit, que Bülow arrivât. Il
avait du reste été fort retardé. Il avait bivouaqué
à Dion-le-Mont et était parti dès l'aube. Mais les
chemins étaient impraticables et ses divisions
s'étaient embourbées. Les ornières venaient au
moyeu des canons. En outre, il avait fallu passer
la Dyle sur l'étroit pont de Wavre; la rue menant
au pont avait été incendiée par les français; les
caissons et les fourgons de l'artillerie, ne pouvant
passer entre deux rangs de maisons en feu, avaient
dû attendre que l'incendie fût éteint. Il était midi
que l'avant-garde de Bülow n'avait pu encore
atteindre Chapelle-Saint-Lambert.

L'action, commencée deux heures plus tôt, eût été finie à quatre heures, et Blücher serait tombé sur la bataille gagnée par Napoléon. Tels sont ces immenses hasards, proportionnés à un infini qui nous échappe.

Dès midi, l'empereur, le premier, avec sa longue-vue, avait aperçu à l'extrême horizon quelque chose qui avait fixé son attention. Il avait dit : — Je vois là-bas un nuage qui me paraît être des troupes. Puis il avait demandé au duc de Dalmatie : — Soult, que voyez-vous vers Chapelle-Saint-Lambert? — Le maréchal braquant sa lunette avait répondu : — Quatre ou cinq mille hommes, sire. Évidemment Grouchy. Cependant cela restait immobile dans la brume. Toutes les lunettes de l'état-major avaient étudié « le nuage » signalé par l'empereur. Quelques-uns avaient dit : ce sont des colonnes qui font halte. La plupart avaient dit : ce sont des arbres. La vérité est que le nuage ne remuait pas. L'empereur avait détaché en reconnaissance vers ce point obscur la division de cavalerie légère de Domon.

Bülow en effet n'avait pas bougé. Son avant-garde était très-faible, et ne pouvait rien. Il devait

attendre le gros du corps d'armée et il avait l'ordre
de se concentrer avant d'entrer en ligne ; mais à
cinq heures, voyant le péril de Wellington, Blücher
ordonna à Bülow d'attaquer et dit ce mot remar-
quable : « Il faut donner de l'air à l'armée anglaise. »

Peu après, les divisions Losthin, Hiller, Hacke
et Ryssel se déployaient devant le corps de Lobau,
la cavalerie du prince Guillaume de Prusse dé-
bouchait du bois de Paris, Plancenoit était en
flammes et les boulets prussiens commençaient à
pleuvoir jusque dans les rangs de la garde en réserve derrière Napoléon.

XII

LA GARDE

On sait le reste; l'irruption d'une troisième armée, la bataille disloquée, quatre-vingt-six bouches à feu tonnant tout à coup, Pirch Ier survenant
avec Bülow, la cavalerie de Zieten menée par Blücher en personne, les français refoulés, Marcognet
balayé du plateau d'Ohain, Durutte délogé de Papelotte, Donzelot et Quiot reculant, Lobau pris en
écharpe, une nouvelle bataille se précipitant à la

nuit tombante sur nos régiments démantelés, toute
la ligne anglaise reprenant l'offensive et poussée
en avant, la gigantesque trouée faite dans l'armée
française, la mitraille anglaise et la mitraille prussienne s'entr'aidant, l'extermination, le désastre de
front, le désastre en flanc, la garde entrant en
ligne sous cet épouvantable écroulement.

Comme elle sentait qu'elle allait mourir, elle
cria : vive l'empereur! L'histoire n'a rien de
plus émouvant que cette agonie éclatant en accla-
mations.

Le ciel avait été couvert toute la journée. Tout
à coup, en ce moment-là même, il était huit heures
du soir, les nuages de l'horizon s'écartèrent et
laissèrent passer, à travers les ormes de la route
de Nivelles, la grande rougeur sinistre du soleil
qui se couchait. On l'avait vu se lever à Austerlitz.

Chaque bataillon de la garde, pour ce dénoû-
ment, était commandé par un général. Friant, Mi-
chel, Roguet, Harlet, Mallet, Poret de Morvan,
étaient là. Quand les hauts bonnets des grenadiers
de la garde avec la large plaque à l'aigle appa-
rurent, symétriques, alignés, tranquilles, dans la

brume de cette mêlée, l'ennemi sentit le respect de la France; on crut voir vingt victoires entrer sur le champ de bataille, ailes déployées, et ceux qui étaient vainqueurs, s'estimant vaincus, reculèrent; mais Wellington cria : *Debout, gardes, et visez juste!* Le régiment rouge des gardes anglaises, couché derrière les haies, se leva, une nuée de mitraille cribla le drapeau tricolore frissonnant autour de nos aigles, tous se ruèrent et le suprême carnage commença. La garde impériale sentit dans l'ombre l'armée lâchant pied autour d'elle, et le vaste ébranlement de la déroute, elle entendit le sauve-qui-peut! qui avait remplacé le vive l'empereur! et, avec la fuite derrière elle, elle continua d'avancer, de plus en plus foudroyée et mourant davantage à chaque pas qu'elle faisait. Il n'y eut point d'hésitants ni de timides. Le soldat dans cette troupe était aussi héros que le général. Pas un homme ne manqua au suicide.

Ney, éperdu, grand de toute la hauteur de la mort acceptée, s'offrait à tous les coups dans cette tourmente. Il eut là son cinquième cheval tué sous lui. En sueur, la flamme aux yeux, l'écume aux lèvres, l'uniforme déboutonné, une de ses épau-

lettes à demi coupée par le coup de sabre d'un horse-
guard, sa plaque de grand-aigle bosselée par une
balle, sanglant, fangeux, magnifique, une épée
cassée à la main, il disait : *Venez voir comment
meurt un maréchal de France sur le champ de bataille!* Mais en vain ; il ne mourut pas. Il était hagard et indigné. Il jetait à Drouet d'Erlon cette
question : *Est-ce que tu ne te fais pas tuer, toi?* Il
criait au milieu de toute cette artillerie écrasant
une poignée d'hommes : — *Il n'y a donc rien pour
moi! Oh! je voudrais que tous ces boulets anglais
m'entrassent dans le ventre!* — Tu étais réservé à
des balles françaises, infortuné !

XIII

LA CATASTROPHE

La déroute derrière la garde fut lugubre.

L'armée plia brusquement de tous les côtés à la fois, de Hougomont, de la Haie-Sainte, de Papelotte, de Plancenoit. Le cri : trahison ! fut suivi du cri : sauve-qui-peut ! Une armée qui se débande, c'est un dégel. Tout fléchit, se fêle, craque, flotte, roule, tombe, se heurte, se hâte, se précipite. Désagrégation inouïe. Ney emprunte un cheval, saute dessus, et, sans chapeau, sans cravate, sans épée,

se met en travers de la chaussée de Bruxelles,
arrêtant à la fois les anglais et les français. Il tâche
de retenir l'armée, il la rappelle, il l'insulte, il se
cramponne à la déroute. Il est débordé. Les soldats le fuient, en criant : *vive le maréchal Ney!*
Deux régiments de Durutte vont et viennent effarés
et comme ballottés entre le sabre des uhlans et la
fusillade des brigades de Kempt, de Best, de
Pack et de Rylandt; la pire des mêlées, c'est
la déroute; les amis s'entre-tuent pour fuir; les
escadrons et les bataillons se brisent et se dis-
persent les uns contre les autres, énorme écume
de la bataille. Lobau à une extrémité comme Reille
à l'autre sont roulés dans le flot. En vain Napoléon
fait des murailles avec ce qui lui reste de la garde;
en vain il dépense à un dernier effort ses escadrons de service. Quiot recule devant Vivian, Kellermann devant Vandeleur, Lobau devant Bülow,
Morand devant Pirch, Domon et Subervie devant
le prince Guillaume de Prusse. Guyot, qui a mené
à la charge les escadrons de l'empereur, tombe
sous les pieds des dragons anglais. Napoléon court
au galop le long des fuyards, les harangue, presse,
menace, supplie. Toutes les bouches qui criaient

le matin vive l'empereur, restent béantes ; c'est à
peine si on le connaît. La cavalerie prussienne,
fraîche venue, s'élance, vole, sabre, taille, hache,
tue, extermine. Les attelages se ruent, les canons
se sauvent ; les soldats du train détellent les caissons et en prennent les chevaux pour s'échapper,
des fourgons culbutés les quatre roues en l'air en-
travent la route et sont des occasions de massacre.
On s'écrase, on se foule, on marche sur les morts
et sur les vivants. Les bras sont éperdus. Une multitude vertigineuse emplit les routes, les sentiers,
les ponts, les plaines, les collines, les vallées, les
bois, encombrés par cette évasion de quarante
mille hommes. Cris, désespoir, sacs et fusils jetés
dans les seigles, passages frayés à coups d'épée,
plus de camarades, plus d'officiers, plus de généraux, une inexprimable épouvante. Zieten sabrant
la France à son aise. Les lions devenus chevreuils.
Telle fut cette fuite.

À Genappe, on essaya de se retourner, de faire
front, d'enrayer. Lobau rallia trois cents hommes.
On barricada l'entrée du village, mais à la première volée de la mitraille prussienne, tout se remit à fuir, et Lobau fut pris. On voit encore au-

jourd'hui cette volée de mitraille empreinte sur le vieux pignon d'une masure en brique à droite de la route. quelques minutes avant d'entrer à Genappe. Les prussiens s'élancèrent dans Genappe. furieux sans doute d'être si peu vainqueurs. La poursuite fut monstrueuse. Blücher ordonna l'extermination. Roguet avait donné ce lugubre exemple de menacer de mort tout grenadier français qui lui amènerait un prisonnier prussien. Blücher dépassa Roguet. Le général de la jeune garde, Duhesme, acculé sur la porte d'une auberge de Genappe, rendit son épée à un hussard de la mort qui prit l'épée et tua le prisonnier. La victoire s'acheva par l'assassinat des vaincus. Punissons, puisque nous sommes l'histoire : le vieux Blucher se déshonora. Cette férocité mit le comble au désastre. La déroute désespérée traversa Genappe, traversa les Quatre-Bras, traversa Sombreffe, traversa Frasnes, traversa Thuin, traversa Charleroi, et ne s'arrêta qu'à la frontière. Hélas ! et qui donc fuyait de la sorte ? la grande armée.

Ce vertige, cette terreur, cette chute en ruine de la plus haute bravoure qui ait jamais étonné l'histoire, est-ce que cela est sans cause ? Non. L'om-

bre d'une droite énorme se projette sur Waterloo.
C'est la journée du destin. La force au-dessus de
l'homme a donné ce jour-là. De là, le pli épouvanté des têtes ; de là, toutes ces grandes âmes rendant leur épée. Ceux qui avaient vaincu l'Europe
sont tombés terrassés, n'ayant plus rien à dire ni
à faire, sentant dans l'ombre une présence terrible.
Hoc erat in fa'is. Ce jour-là, la perspective du genre
humain a changé. Waterloo, c'est le gond du dix-
neuvième siècle. La disparition du grand homme
était nécessaire à l'avénement du grand siècle.
Quelqu'un à qui on ne réplique pas, s'en est
chargé. La panique des héros s'explique. Dans la
bataille de Waterloo, il y a plus que du nuage, il
y a du météore. Dieu a passé.

A la nuit tombante, dans un champ près de Genappe, Bernard et Bertrand saisirent par un pan de
sa redingote et arrêtèrent un homme hagard, pensif, sinistre, qui, entraîné jusque-là par le courant
de la déroute, venait de mettre pied à terre, avait
passé sous son bras la bride de son cheval, et,
l'œil égaré, s'en retournait seul vers Waterloo.
C'était Napoléon essayant encore d'aller en avant,
immense somnambule de ce rêve écroulé.

XIV

LE DERNIER CARRÉ

Quelques carrés de la garde, immobiles dans le ruissellement de la déroute comme des rochers dans de l'eau qui coule, tinrent jusqu'à la nuit. La nuit venant, la mort aussi, ils attendirent cette ombre double, et, inébranlables, s'en laissèrent envelopper. Chaque régiment, isolé des autres et n'ayant plus le lien avec l'armée rompue de toutes parts, mourait pour son compte. Ils avaient pris position, pour faire cette dernière action, les uns sur les hauteurs de Rossomme, les autres dans la plaine de Mont-Saint-Jean. Là, abandonnés, vaincus, terribles, ces carrés sombres agonisaient formidablement. Ulm, Wagram, Iéna, Friedland, mouraient en eux.

Au crépuscule, vers neuf heures du soir, au bas du plateau de Mont-Saint-Jean, il en restait un. Dans ce vallon funeste, au pied de cette pente gravie par les cuirassiers, inondée maintenant par les masses anglaises, sous les feux convergents de l'artillerie ennemie victorieuse, sous une effroyable densité de projectiles, ce carré luttait. Il était commandé par un officier obscur nommé Cambronne. A chaque décharge, le carré diminuait, et ripostait. Il répliquait à la mitraille par la fusillade, rétrécissant continuellement ses quatre murs. De loin les fuyards, s'arrêtant par moment essoufflés, écoutaient dans les ténèbres ce sombre tonnerre décroissant.

Quand cette légion ne fut plus qu'une poignée, quand leur drapeau ne fut plus qu'une loque, quand leurs fusils épuisés de balles ne furent plus que des bâtons, quand le tas de cadavres fut plus grand

que le groupe vivànt, il y eut parmi les vainqueurs
une sorte de terreur sacrée autour de ces mourants
sublimes, et l'artillerie anglaise, reprenant haleine,
fit silence. Ce fut une espèce de répit. Ces combattants avaient autour d'eux comme un fourmille-
ment de spectres, des silhouettes d'hommes à cheval, le profil noir des canons, le ciel blanc aperçu
à travers les roues et les affûts ; la colossale tête de
mort que les héros entrevoient toujours dans la fumée au fond de la bataille, s'avançait sur eux et
les regardait. Ils purent entendre dans l'ombre
crépusculaire qu'on chargeait les pièces, les mè-
ches allumées pareilles à des yeux de tigre dans la
nuit firent un cercle autour de leurs têtes ; tous les
boute-feu des batteries anglaises s'approchèrent
des canons, et alors, ému, tenant la minute suprême
suspendue au-dessus de ces hommes, un général
anglais, Colville selon les uns, Maitland selon les
autres, leur cria : Braves français, rendez-vous !
Cambronne répondit : Merde !

XV

CAMBRONNE

Le lecteur français voulant être respecté, le plus beau mot peut-être qu'un français ait jamais dit ne peut lui être répété. Défense de déposer du sublime dans l'histoire.

A nos risques et périls, nous enfreignons cette défense.

Donc, parmi ces géants, il y eut un titan, Cambronne.

Dire ce mot, et mourir ensuite, quoi de plus

grand ! car c'est mourir que de le vouloir, et ce
n'est pas la faute de cet homme, si, mitraillé, il a
survécu.

L'homme qui a gagné la bataille de Waterloo,
ce n'est pas Napoléon en déroute, ce n'est pas
Wellington pliant à quatre heures, désespéré à
cinq, ce n'est pas Blücher, qui ne s'est point battu ;
l'homme qui a gagné la bataille de Waterloo, c'est
Cambronne.

Foudroyer d'un tel mot le tonnerre qui vous
tue, c'est vaincre.

Faire cette réponse à la catastrophe, dire cela
au destin, donner cette base au lion futur, jeter
cette réplique à la pluie de la nuit, au mur traître de
Hougomont, au chemin creux d'Ohain, au retard
de Grouchy, à l'arrivée de Blücher, être l'ironie
dans le sépulcre, faire en sorte de rester debout
après qu'on sera tombé, noyer dans deux syllabes
la coalition européenne, offrir aux rois ces latrines
déjà connues des Césars, faire du dernier des mots
le premier, en y mêlant l'éclair de la France, clore
insolemment Waterloo par le mardi gras, complé-
ter Léonidas par Rabelais, résumer cette victoire
dans une parole suprême impossible à prononcer,

perdre le terrain et garder l'histoire, après ce
carnage avoir pour soi les rieurs, c'est immense.

C'est l'insulte à la foudre. Cela atteint la grandeur eschylienne.   .

Le mot de Cambronne fait l'effet d'une fracture.
C'est la fracture d'une poitrine par le dédain ; c'est
le trop-plein de l'agonie qui fait explosion. Qui a
vaincu ? est-ce Wellington ? Non. Sans Blücher il
était perdu. Est-ce Blücher ? Non. Si Wellington
n'eût pas commencé, Blücher n'aurait pu finir. Ce
Cambronne, ce passant de la dernière heure, ce
soldat ignoré, cet infiniment petit de la guerre,
sent qu'il y a là un mensonge dans une catastrophe, redoublement poignant ; et au moment où il
en éclate de rage, on lui offre cette dérision, la vie !
Comment ne pas bondir ! Ils sont là, tous les rois
de l'Europe, les généraux heureux, les Jupiters ton-
nants, ils ont cent mille soldats victorieux, et derrière les cent mille, un million, leurs canons, mè-
ches allumées, sont béants, ils ont sous leurs talons
la garde impériale et la grande armée, ils viennent
d'écraser Napoléon, et il ne reste plus que Cambronne ; il n'y a plus pour protester que ce ver de
terre. Il protestera. Alors il cherche un mot comme

on cherche une épée. Il lui vient de l'écume, et cette écume, c'est le mot. Devant cette victoire prodigieuse et médiocre, devant cette victoire sans victorieux, ce désespéré se · redresse ; il en subit l'énormité, mais il en constate le néant ; et il fait plus que cracher sur elle ; et sous l'accablement du nombre, de la force et de la matière, il trouve à l'âme une expression, l'excrément. Nous le répétons, dire cela, faire cela, trouver cela, c'est être le vainqueur.

L'esprit des grands jours entra dans cet homme inconnu à cette minute fatale. Cambronne trouve le mot de Waterloo comme Rouget de l'Isle trouve la Marseillaise, par visitation du souffle d'en haut. Une effluve de l'ouragan divin se détache et vient passer à travers ces hommes, et ils tressaillent, et l'un chante le chant suprême et l'autre pousse le cri terrible. Cette parole du dédain titanique, Cambronne ne la jette pas seulement à l'Europe au nom de l'empire, ce serait peu ; il la jette au passé au nom de la révolution. On l'entend, et l'on reconnaît dans Cambronne la vieille âme des géants. Il semble que c'est Danton qui parle ou Kléber qui rugit.

Au mot de Cambronne, la voix anglaise répondit : feu ! les batteries flamboyèrent, la colline
trembla, de toutes ces bouches d'airain sortit un
dernier vomissement de mitraille, épouvantable,
une vaste fumée, vaguement blanchie du lever de
la lune, roula, et quand la fumée se dissipa, il
n'y avait plus rien. Ce reste formidable était
anéanti, la garde était morte. Les quatre murs de
la redoute vivante gisaient, à peine distinguait-on
çà et là un tressaillement parmi les cadavres ; et
c'est ainsi que les légions françaises, plus grandes
que les légions romaines, expirèrent à Mont-Saint-
Jean sur la terre mouillée de pluie et de sang,
dans les blés sombres, à l'endroit où passe maintenant à quatre heures du matin, en sifflant et en
fouettant gaîment son cheval, Joseph, qui fait le
service de la malle-poste de Nivelles.

XVI

QUOT LIBRAS IN DUCE?

La bataille de Waterloo est une énigme. Elle
est aussi obscure pour ceux qui l'ont gagnée que
pour celui qui l'a perdue. Pour Napoléon, c'est
une panique (*); Blücher n'y voit que du feu;

(*) « Une bataille terminée, une journée finie, de fausses
« mesures réparées, de plus grands succès assurés pour le len-
« demain, tout fut perdu par un moment de terreur panique. »

(NAPOLÉON, *Dictées de Sainte-Hélène*.).

Wellington n'y comprend rien. Voyez les rapports.
Les bulletins sont confus, les commentaires sont
embrouillés. Ceux-ci balbutient, ceux-là bégayent.
Jomini partage la bataille de Waterloo en quatre
moments; Muffling la coupe en trois péripéties;
Charras, quoique sur quelques points nous ayons
une autre appréciation que lui, a seul saisi de son
fier coup d'œil les linéaments caractéristiques de
cette catastrophe du génie humain aux prises avec
le hasard divin. Tous les autres historiens ont un
certain éblouissement, et dans cet éblouissement
ils tâtonnent. Journée fulgurante, en effet, écroulement de la monarchie militaire qui, à la grande
stupeur des rois, a entraîné tous les royaumes,
chute de la force, déroute de la guerre.

Dans cet événement, empreint de nécessité
surhumaine, la part des hommes n'est rien.

Retirer Waterloo à Wellington et à Blücher,
est-ce ôter quelque chose à l'Angleterre et à l'Allemagne? Non. Ni cette illustre Angleterre ni cette
auguste Allemagne ne sont en question dans le
problème de Waterloo. Grâce au ciel, les peuples
sont grands en dehors des lugubres aventures de
l'épée. Ni l'Allemagne, ni l'Angleterre, ni la

France, ne tiennent dans un fourreau. Dans cette époque où Waterloo n'est qu'un cliquetis de sabres, au-dessus de Blücher l'Allemagne a Gœthe et au-dessus de Wellington l'Angleterre a Byron. Un vaste lever d'idées est propre à notre siècle, et dans cette aurore l'Angleterre et l'Allemagne ont une lueur magnifique. Elles sont majestueuses parce qu'elles pensent. L'élévation de niveau qu'elles apportent à la civilisation leur est intrinsèque; il vient d'elles-mêmes, et non d'un accident. Ce qu'elles ont d'agrandissement au dix-neuvième siècle n'a point Waterloo pour source. Il n'y a que les peuples barbares qui aient des crues subites après une victoire. C'est la vanité passagère des torrents enflés d'un orage. Les peuples civilisés, surtout au temps où nous sommes, ne se haussent ni ne s'abaissent par la bonne ou mauvaise fortune d'un capitaine. Leur poids spécifique dans le genre humain résulte de quelque chose de plus qu'un combat. Leur honneur, Dieu merci, leur dignité, leur lumière, leur génie, ne sont pas des numéros que les héros et les conquérants, ces joueurs, peuvent mettre à la loterie des batailles. Souvent bataille perdue, progrès conquis. Moins de gloire, plus de liberté. Le tambour se tait, la raison prend la parole. C'est le jeu à qui perd gagne. Parlons donc de Waterloo froidement des deux côtés. Rendons au hasard ce qui est au hasard et à Dieu ce qui est à Dieu. Qu'est-ce que Waterloo? Une victoire? Non. Un quine.

Quine gagné par l'Europe, payé par la France.

Ce n'était pas beaucoup la peine de mettre là un lion.

Waterloo du reste est la plus étrange rencontre qui soit dans l'histoire. Napoléon et Wellington. Ce ne sont pas des ennemis, ce sont des contraires. Jamais Dieu, qui se plaît aux antithèses, n'a fait un plus saisissant contraste et une confrontation plus extraordinaire. D'un côté la précision, la prévision, la géométrie, la prudence, la retraite assurée, les réserves ménagées, un sang-froid opiniâtre, une méthode imperturbable, la stratégie qui profite du terrain, la tactique qui équilibre les bataillons, le carnage tiré au cordeau, la guerre réglée montre en main, rien laissé volontairement au hasard, le vieux courage classique, la correction absolue; de l'autre l'intuition, la divination, l'étrangeté militaire, l'instinct surhumain, le coup

d'œil flamboyant, on ne sait quoi qui regarde
comme l'aigle et qui·frappe comme la foudre, un
art prodigieux dans une impétuosité dédaigneuse,
tous les mystères d'une âme profonde, l'association
avec le destin; le fleuve, la plaine, la forêt, la colline, sommés et en quelque sorte forcés d'obéir, le
despote allant jusqu'à tyranniser le champ de bataille; la foi à l'étoile mêlée à la science stratégique, la grandissant, mais la troublant. Wellington était le Barrême de la guerre, Napoléon en
était le Michel-Ange, et cette fois le génie fut
vaincu par le calcul.

Des deux côtés on attendait quelqu'un. Ce fut le
calculateur exact qui réussit. Napoléon attendait
Grouchy; il ne vint pas. Wellington attendait
Blücher; il vint.

Wellington, c'est la guerre classique qui prend
sa revanche. Bonaparte, à son aurore, l'avait ren-
contrée en Italie, et superbement battue. La vieille
chouette avait fui devant le jeune vautour. L'ancienne tactique avait été non-seulement foudroyée,
mais scandalisée. Qu'était-ce que ce corse de
vingt-six ans, que signifiait cet ignorant splendide
qui, ayant tout contre lui, rien pour lui, sans

vivres, sans munitions, sans canons, sans souliers,
presque sans armée, avec une poignée d'hommes
contre des masses, se ruait sur l'Europe coalisée,
et gagnait absurdement des victoires dans l'impossible? D'où sortait ce forcené foudroyant qui,
presque sans reprendre haleine, et avec le même
jeu de combattants dans la main, pulvérisait l'une
après l'autre les cinq armées de l'empereur d'Allemagne, culbutant Beaulieu sur Alvinzi, Wurmser
sur Beaulieu, Mélas sur Wurmser, Mack sur Mélas!
Qu'était-ce que ce nouveau venu de la guerre ayant
l'effronterie d'un astre? L'école académique militaire l'excommuniait en lâchant pied. De là une
implacable rancune du vieux césarisme contre le
nouveau, du sabre correct contre l'épée flamboyante, et de l'échiquier contre le génie. Le
18 juin 1815, cette rancune eut le dernier mot, et
au-dessous de Lodi, de Montebello, de Montenotte,
de Mantoue, de Marengo, d'Arcole, elle écrivit:
Waterloo. Triomphe des médiocres doux aux ma-
jorités. Le destin consentit à cette ironie. A son déclin, Napoléon retrouva devant lui Wurmser jeune.

Pour avoir Wurmser en effet, il suffit de blan-
chir les cheveux de Wellington.

Waterloo est une bataille du premier ordre gagnée par un capitaine du second.

Ce qu'il faut admirer dans la bataille de Waterloo, c'est l'Angleterre, c'est la fermeté anglaise,
c'est la résolution anglaise, c'est le sang anglais ;
ce que l'Angleterre a eu là de superbe, ne lui en
déplaise, c'est elle-même. Ce n'est pas son capitaine, c'est son armée.

Wellington, bizarrement ingrat, déclare dans
une lettre à lord Bathurst que son armée, l'armée
qui a combattu le 18 juin 1815, était une « dé-
testable armée. » Qu'en pense cette sombre mêlée
d'ossements enfouis sous les sillons de Waterloo?

L'Angleterre a été trop modeste vis-à-vis de
Wellington. Faire Wellington si grand, c'est faire
l'Angleterre petite. Wellington n'est qu'un héros
comme un autre. Ces écossais gris, ces horse-
guards, ces régiments de Maitland et de Mitchell,
cette infanterie de Pack et de Kempt, cette cavalerie de Ponsomby et de Somerset, ces highlanders
jouant du pibroch sous la mitraille, ces bataillons
de Rylandt, ces recrues toutes fraîches qui savaient
à peine manier le mousquet tenant tête aux vieilles
bandes d'Essling et de Rivoli, voilà ce qui est

grand. Wellington a été tenace, ce fut là son mé-
rite, et nous ne le lui marchandons pas, mais le
moindre de ses fantassins et de ses cavaliers a été
tout aussi solide que lui. L'iron-soldier vaut l'iron-
duke. Quant à nous, toute notre glorification va
au soldat anglais, à l'armée anglaise, au peuple
anglais. Si trophée il y a, c'est à l'Angleterre que
le trophée est dû. La colonne de Waterloo serait
plus juste si, au lieu de la figure d'un homme,
elle élevait dans la nue la statue d'un peuple.

Mais cette grande Angleterre s'irritera de ce
que nous disons ici. Elle a encore, après son 1688
et notre 1789, l'illusion féodale. Elle croit à l'hé-
rédité et à la hiérarchie. Ce peuple, qu'aucun ne
dépasse en puissance et en gloire, s'estime comme
nation, non comme peuple. En tant que peuple, il
se subordonne volontiers et prend un lord pour une
tête. Workman, il se laisse dédaigner; soldat, il se
laisse bâtonner. On se souvient qu'à la bataille
d'Inkermann un sergent qui, à ce qu'il paraît,
avait sauvé l'armée, ne put être mentionné par
lord Raglan, la hiérarchie militaire anglaise ne
permettant de citer dans un rapport aucun héros
au-dessous du grade d'officier.

Ce que nous admirons par-dessus tout, dans une rencontre du genre de celle de Waterloo, c'est la prodigieuse habileté du hasard. Pluie nocturne, mur de Hougomont, chemin creux d'Ohain, Grouchy sourd au canon, guide de Napoléon qui le trompe, guide de Bulow qui l'éclaire ; tout ce cataclysme est merveilleusement conduit.

Au total, disons-le, il y eut à Waterloo plus de massacre que de bataille.

Waterloo est de toutes les batailles rangées celle qui a le plus petit front sur un tel nombre de combattants. Napoléon, trois quarts de lieue, Wellington, une demi-lieue ; soixante-douze mille combattants de chaque côté. De cette épaisseur vint le carnage.

On a fait ce calcul et établi cette proportion : Perte d'hommes : à Austerlitz, français, quatorze pour cent ; russes, trente pour cent ; autrichiens, quarante-quatre pour cent. A Wagram, français, treize pour cent ; autrichiens, quatorze. A la Moskowa, français, trente-sept pour cent ; russes, quarante-quatre. A Bautzen, français, treize pour cent, russes et prussiens, quatorze. A Waterloo, français, cinquante-six pour cent ; alliés, trente-un. Total pour Waterloo, quarante-et-un pour cent. Cent quarante-quatre mille combattants ; soixante mille morts.

Le champ de Waterloo aujourd'hui a le calme qui appartient à la terre, support impassible de l'homme, et il ressemble à toutes les plaines.

La nuit pourtant une espèce de brume visionnaire s'en dégage, et si quelque voyageur s'y promène, s'il regarde, s'il écoute, s'il rêve comme Virgile dans les funestes plaines de Philippes, l'hallucination de la catastrophe le saisit. L'effrayant 18 juin revit ; la fausse colline monument s'efface, ce lion quelconque se dissipe, le champ de bataille reprend sa réalité ; des lignes d'infanterie ondulent dans la plaine, des galops furieux traversent l'horizon ; le songeur effaré voit l'éclair des sabres, l'étincelle des baïonnettes, le flamboiement des bombes, l'entre-croisement monstrueux des tonnerres ; il entend, comme un râle au fond d'une tombe, la clameur vague de la bataille fantôme ; ces ombres, ce sont les grenadiers ; ces lueurs, ce sont les cuirassiers ; ce squelette, c'est Napoléon ; ce squelette, c'est Wellington ; tout cela n'est plus et se heurte et combat encore ;

et les ravins s'empourprent, et les arbres frisson-
nent, et il y a de la furie jusque dans les nuées, et,
dans les ténèbres, toutes ces hauteurs farouches,
Mont-Saint-Jean, Hougomont, Frischemont, Papelotte, Plancenoit, apparaissent confusément couron-
nées de tourbillons de spectres s'exterminant.

XVII

FAUT-IL TROUVER BON WATERLOO?

.

Il existe une école libérale très-respectable qui ne hait point Waterloo. Nous n'en sommes pas. Pour nous, Waterloo n'est que la date stupéfaite de la liberté. Qu'un tel aigle sorte d'un tel œuf, c'est à coup sûr l'inattendu.

Waterloo, si l'on se place au point de vue culminant de la question, est intentionnellement une victoire contre-révolutionnaire. C'est l'Europe

contre la France, c'est Pétersbourg, Berlin et
Vienne contre Paris, c'est le statu quo contre l'ini-
tiative, c'est le 14 juillet 1789 attaqué à travers
le 20 mars 1815, c'est le branle-bas des mo-
narchies contre l'indomptable émeute française.
Éteindre enfin ce vaste peuple en éruption depuis
vingt-six ans, tel était le rêve. Solidarité des Brunswick, des Nassau, des Romanoff, des Hohenzol-
lern, des Habsbourg, avec les Bourbons. Waterloo porte en croupe le droit divin. Il est vrai que,
l'empire ayant été despotique, la royauté, par la
réaction naturelle des choses, devait forcément
être libérale, et qu'un ordre constitutionnel à
contre-cœur est sorti de Waterloo, au grand re-
gret des vainqueurs. C'est que la révolution ne
peut être vraiment vaincue, et qu'étant providen-
tielle et absolument fatale, elle reparaît toujours,
avant Waterloo, dans Bonaparte jetant bas les
vieux trônes, après Waterloo, dans Louis XVIII
octroyant et subissant la charte. Bonaparte met un
postillon sur le trône de Naples et un sergent sur
le trône de Suède, employant l'inégalité à démon-
trer l'égalité; Louis XVIII à Saint-Ouen contre-
signe la déclaration des droits de l'homme. Vou-

lez-vous vous rendre compte de ce que c'est que
la révolution, appelez-la Progrès ; et voulez-vous
vous rendre compte de ce que c'est que le progrès,
appelez-le Demain. Demain fait irrésistiblement
son œuvre, et il la fait dès aujourd'hui. Il arrive
toujours à son but, étrangement. Il emploie Wellington à faire de Foy, qui n'était qu'un soldat,
un orateur. Foy tombe à Hougomont et se relève
à la tribune. Ainsi procède le progrès. Pas de
mauvais outil pour cet ouvrier-là. Il ajuste à son
travail divin, sans se déconcerter, l'homme qui a
enjambé les Alpes, et le bon vieux malade chancelant du père Élysée. Il se sert du podagre comme
du conquérant ; du conquérant au dehors, du podagre au dedans. Waterloo, en coupant court à la
démolition des trônes européens par l'épée, n'a eu
d'autre effet que de faire continuer le travail révolutionnaire d'un autre côté. Les sabreurs ont fini,
c'est le tour des penseurs. Le siècle que Waterloo
voulait arrêter a marché dessus et a poursuivi sa
route. Cette victoire sinistre a été vaincue par la
liberté.

En somme, et incontestablement, ce qui triom-
phait à Waterloo, ce qui souriait derrière Welling-

ton, ce qui lui apportait tous les bâtons de maréchal
de l'Europe, y compris, dit-on, le bâton de maréchal de France, ce qui roulait joyeusement les
brouettes de terre pleine d'ossements pour élever la
butte du lion, ce qui a triomphalement écrit sur ce
piédestal cette date : 18 *juin* 1815, ce qui encourageait Blücher sabrant la déroute, ce qui du haut
du plateau de Mont-Saint-Jean se penchait sur la
France comme sur une proie, c'était la contre-
révolution. C'est la contre-révolution qui murmurait
ce mot infâme : démembrement. Arrivée à Paris,
elle a vu le cratère de près, elle a senti que cette
cendre lui brûlait les pieds, et elle s'est ravisée.
Elle est revenue au bégayement d'une charte.

Ne voyons dans Waterloo que ce qui est dans
Waterloo. De liberté intentionnelle, point. La
contre-révolution était involontairement libérale, de
même que, par un phénomène correspondant, Napoléon était involontairement révolutionnaire. Le
18 juin 1815, Robespierre à cheval fut désarçonné.

XVIII

RECRUDESCENCE DU DROIT DIVIN

Fin de la dictature. Tout un système d'Europe croula.

L'empire s'affaissa dans une ombre qui ressembla à celle du monde romain expirant. On revit de l'abîme comme au temps des Barbares. Seulement la barbarie de 1815, qu'il faut nommer, de son petit nom, la contre-révolution, avait peu d'haleine, s'essouffla vite, et resta court. L'empire, avouons-

le, fut pleuré, et pleuré par des yeux héroïques.
Si la gloire est dans le glaive fait sceptre, l'empire
avait été la gloire même. Il avait répandu sur la
terre toute la lumière que la tyrannie peut donner;
lumière sombre. Disons plus : lumière obscure.
Comparée au jour vrai, c'est de la nuit. Cette disparition de la nuit fit l'effet d'une éclipse.

Louis XVIII rentra dans Paris. Les danses en
rond du 8 juillet effacèrent les enthousiasmes du
20 mars. Le corse devint l'antithèse du béarnais.
Le drapeau du dôme des Tuileries fut blanc. L'exil
trôna. La table de sapin de Hartwell prit place devant le fauteuil fleurdelisé de Louis XIV. On parla
de Bouvines et de Fontenoy comme d'hier, Austerlitz ayant vieilli. L'autel et le trône fraternisèrent
majestueusement. Une des formes les plus incon-
testées du salut de la société au dix-neuvième siècle
s'établit sur la France et sur le continent. L'Europe
prit la cocarde blanche. Trestaillon fut célèbre. La
devise *non pluribus impar* reparut dans des rayons
de pierre figurant un soleil sur la façade de la
caserne du quai d'Orsay. Où il y avait eu une
garde impériale, il y eut une maison rouge. L'arc
du carrousel, tout chargé de victoires mal portées,

dépaysé dans ces nouveautés, un peu honteux peut-
être de Marengo et d'Arcole, se tira d'affaire avec
la statue du duc d'Angoulême. Le cimetière de la
Madeleine, redoutable fosse commune de 93, se
couvrit de marbre et de jaspe, les os de Louis XVI
et de Marie-Antoinette étant dans cette poussière.
Dans le fossé de Vincennes, un cippe sépulcral
sortit de terre, rappelant que le duc d'Enghien était
mort dans le mois même où Napoléon avait été
couronné. Le pape Pie VII, qui avait fait ce sacre
très-près de cette mort. bénit tranquillement la
chute comme il avait béni l'élévation. Il y eut à
Schœnbrunn une petite ombre âgée de quatre ans
qu'il fut séditieux d'appeler le roi de Rome. Et ces
choses se sont faites, et ces rois ont repris leurs
trônes, et le maître de l'Europe a été mis dans une
cage, et l'ancien régime est devenu le nouveau, et
toute l'ombre et toute la lumière de la terre ont
changé de place, parce que, dans l'après-midi d'un
jour d'été, un pâtre a dit à un prussien dans un
bois : passez par ici et non par là !

Ce 1815 fut une sorte d'avril lugubre. Les vieilles
réalités malsaines et vénéneuses se couvrirent d'apparences neuves. Le mensonge épousa 1789, le

droit divin se masqua d'une charte, les fictions se
firent constitutionnelles, les préjugés, les super-
stitions et les arrière-pensées, avec l'article 14 au
cœur, se vernirent de libéralisme. Changement de
peau des serpents.

L'homme avait été à la fois agrandi et amoindri
par Napoléon. L'idéal, sous ce règne de la matière
splendide, avait reçu le nom étrange d'idéologie.
Grave imprudence d'un grand homme, tourner en
dérision l'avenir. Les peuples cependant, cette
chair à canon si amoureuse du canonnier, le cher-
chaient des yeux. Où est-il? Que fait-il? Napoléon
est mort, disait un passant à un invalide de Marengo et de Waterloo. — *Lui mort !* s'écria ce soldat, *vous le connaissez bien!* Les imaginations déi-
fiaient cet homme terrassé. Le fond de l'Europe,
après Waterloo, fut ténébreux. Quelque chose
d'énorme resta longtemps vide par l'évanouisse-
ment de Napoléon.

Les rois se mirent dans ce vide. La vieille Europe
en profita pour se reformer. Il y eut une Sainte-
Alliance. Belle-Alliance, avait dit d'avance le champ
fatal de Waterloo.

En présence et en face de cette antique Europe

refaite, les linéaments d'une France nouvelle s'ébau-
chèrent. L'avenir, raillé par l'empereur, fit son
entrée. Il avait sur le front cette étoile, Liberté.
Les yeux ardents des jeunes générations se tour-
nèrent vers lui. Chose singulière, on s'éprit en
même temps de cet avenir, Liberté, et de ce passé,
Napoléon. La défaite avait grandi le vaincu. Bonaparte tombé semblait plus haut que Napoléon debout. Ceux qui avaient triomphé eurent peur.
L'Angleterre le fit garder par Hudson Lowe et la
France le fit guetter par Montchenu. Ses bras
croisés devinrent l'inquiétude des trônes. Alexandre
le nommait : mon insomnie. Cet effroi venait de la
quantité de révolution qu'il avait en lui. C'est ce
qui explique et excuse le libéralisme bonapartiste. Ce fantôme donnait le tremblement au vieux
monde. Les rois régnèrent mal à leur aise, avec le
rocher de Sainte-Hélène à l'horizon.

Pendant que Napoléon agonisait à Longwood,
les soixante mille hommes tombés dans le champ
de Waterloo pourrirent tranquillement, et quelque
chose de leur paix se répandit dans le monde. Le
congrès de Vienne en fit les traités de 1815, et
l'Europe nomma cela la restauration.

Voilà ce que c'est que Waterloo.

Mais qu'importe à l'infini? toute cette tempête, tout ce nuage, cette guerre, puis cette paix, toute cette ombre, ne troubla pas un moment la lueur de l'œil immense devant lequel un puceron sautant d'un brin d'herbe à l'autre égale l'aigle volant de clocher en clocher aux tours de Notre-Dame.

XIX

LE CHAMP DE BATAILLE LA NUIT

Revenons, c'est une nécessité de ce livre, sur ce fatal champ de bataille.

Le 18 juin 1815, c'était pleine lune. Cette clarté favorisa la poursuite féroce de Blücher, dénonça les traces des fuyards, livra cette masse désastreuse à la cavalerie prussienne acharnée et aida au massacre. Il y a parfois dans les catastrophes de ces tragiques complaisances de la nuit.

Après le dernier coup de canon tiré, la plaine de Mont-Saint-Jean resta déserte.

Les anglais occupèrent le campement des français; c'est la constatation habituelle de la victoire; coucher dans le lit du vaincu. Ils établirent leur bivouac au-delà de Rossomme. Les prussiens, lâchés sur la déroute, poussèrent en avant. Wellington alla au village de Waterloo rédiger son rapport à lord Bathurst.

Si jamais le *sic vos non vobis* a été applicable, c'est à coup sûr à ce village de Waterloo. Waterloo n'a rien fait, et est resté à une demi-lieue de l'action. Mont-Saint-Jean a été canonné, Hougomont a été brûlé, Papelotte a été brûlé, Plancenoit a été brûlé, la Haie-Sainte a été prise d'assaut, la Belle-Alliance a vu l'embrassement des deux vainqueurs; on sait à peine ces noms, et Waterloo qui n'a point travaillé dans la bataille en a tout l'honneur.

Nous ne sommes pas de ceux qui flattent la guerre; quand l'occasion s'en présente, nous lui disons ses vérités. La guerre a d'affreuses beautés que nous n'avons point cachées; elle a aussi, convenons-en, quelques laideurs. Une des plus sur-

prenantes, c'est le prompt dépouillement des morts
après la victoire. L'aube qui suit une bataille se
lève toujours sur des cadavres nus.

Qui fait cela? Qui souille ainsi le triomphe?
Quelle est cette hideuse main furtive qui se glisse
dans la poche de la victoire? Quels sont ces filous
faisant leur coup derrière la gloire? Quelques phi-
losophes, Voltaire entre autres, affirment que ce
sont précisément ceux-là qui ont fait la gloire. Ce
sont les mêmes, disent-ils, il n'y a pas de re-
change; ceux qui sont debout pillent ceux qui sont
à terre. Le héros du jour est le vampire de la
nuit. On a bien le droit, après tout, de détrousser
un peu un cadavre dont on est l'auteur. Quant à
nous, nous ne le croyons pas. Cueillir des lauriers
et voler les souliers d'un mort, cela nous semble
impossible à la même main.

Ce qui est certain, c'est que, d'ordinaire, après
les vainqueurs viennent les voleurs. Mais mettons
le soldat, surtout le soldat contemporain, hors de
cause.

Toute armée a une queue, et c'est là ce qu'il
faut accuser. Des êtres chauves-souris, mi-partis
brigands et valets, toutes les espèces de vespertilio

qu'engendre ce crépuscule qu'on appelle la guerre,
des porteurs d'uniformes qui ne combattent pas,
de faux malades, des écloppés redoutables, des
cantiniers interlopes trottant, quelquefois avec leurs
femmes, sur de petites charrettes et volant ce qu'ils
revendent, des mendiants s'offrant pour guide aux
officiers, des goujats, des maraudeurs, les armées
en marche autrefois, — nous ne parlons pas du
temps présent, — traînaient tout cela, si bien que,
dans la langue spéciale, cela s'appelait « les traînards. » Aucune armée ni aucune nation n'étaient
responsables de ces êtres; ils parlaient italien et
suivaient les allemands; ils parlaient français et
suivaient les anglais. C'est par un de ces misérables, traînard espagnol qui parlait français, que
le marquis de Fervacques, trompé par son bara-
gouin picard, et le prenant pour un des nôtres, fut
tué en traître et volé sur le champ de bataille
même, dans la nuit qui suivit la victoire de Ceri-
soles. De la maraude naissait le maraud. La dé-
testable maxime : *Vivre sur l'ennemi*, produisait
cette lèpre, qu'une forte discipline pouvait seule
guérir. Il y a des renommées qui trompent; on ne
sait pas toujours pourquoi de certains généraux,

grands d'ailleurs, ont été si populaires. Turenne était adoré de ses soldats parce qu'il tolérait le pillage ; le mal permis fait partie de la bonté ; Turenne était si bon qu'il a laissé mettre à feu et à sang le Palatinat. On voyait à la suite des armées moins ou plus de maraudeurs selon que le chef était plus ou moins sévère. Hoche et Marceau n'avaient point de traînards ; Wellington, nous lui rendons volontiers cette justice, en avait peu.

Pourtant, dans la nuit du 18 au 19 juin, on dépouilla les morts. Wellington fut rigide ; ordre de passer par les armes quiconque serait pris en flagrant délit ; mais la rapine est tenace. Les maraudeurs volaient dans un coin du champ de bataille pendant qu'on les fusillait dans l'autre.

La lune était sinistre sur cette plaine.

Vers minuit, un homme rôdait, ou plutôt rampait du côté du chemin creux d'Ohain. C'était, selon toute apparence, un de ceux que nous venons de caractériser, ni anglais, ni français, ni paysan, ni soldat, moins homme que goule, attiré par le flair des morts, ayant pour victoire le vol, venant dévaliser Waterloo. Il était vêtu d'une blouse qui était un peu une capote, il était inquiet et auda-

cieux, il allait devant lui et regardait derrière lui.
Qu'était-ce que cet homme? La nuit probablement
en savait plus sur son compte que le jour. Il n'avait
point de sac, mais évidemment de larges poches
sous sa capote. De temps en temps, il s'arrêtait,
examinait la plaine autour de lui comme pour voir
s'il n'était pas observé, se penchait brusquement,
dérangeait à terre quelque chose de silencieux et
d'immobile, puis se redressait et s'esquivait. Son
glissement, ses attitudes, son geste rapide et mystérieux le faisaient ressembler à ces larves cré-
pusculaires qui hantent les ruines et que les anciennes légendes normandes appellent les Alleurs.

De certains échassiers nocturnes font de ces
silhouettes dans les marécages.

Un regard qui eût sondé attentivement toute
cette brume eût pu remarquer, à quelque distance,
arrêté et comme caché derrière la masure qui borde
sur la chaussée de Nivelles l'angle de la route de
Mont-Saint-Jean à Braine-l'Alleud, une façon de
petit fourgon de vivandier à coiffe d'osier gou-
dronnée, attelé d'une haridelle affamée broutant
l'ortie à travers son mors, et dans le fourgon une
espèce de femme assise sur des coffres et des pa-

quets. Peut-être y avait-il un lien entre ce fourgon et ce rôdeur.

L'obscurité était sereine. Pas un nuage au zénith. Qu'importe que la terre soit rouge, la lune reste blanche. Ce sont là les indifférences du ciel. Dans les prairies, des branches d'arbres cassées par la mitraille mais non tombées et retenues par l'écorce se balançaient doucement au vent de la nuit. Une haleine, presque une respiration, remuait les broussailles. Il y avait dans l'herbe des frissons qui ressemblaient à des départs d'âmes.

On entendait vaguement au loin aller et venir les patrouilles et les rondes-major du campement anglais.

Hougomont et la Haie-Sainte continuaient de brûler, faisant, l'une à l'ouest, l'autre à l'est, deux grosses flammes auxquelles venait se rattacher, comme un collier de rubis dénoué ayant à ses extrémités deux escarboucles, le cordon de feux du bivouac anglais étalé en demi-cercle immense sur les collines de l'horizon.

Nous avons dit la catastrophe du chemin d'Ohain. Ce qu'avait été cette mort pour tant de braves, le cœur s'épouvante d'y songer.

Si quelque chose est effroyable, s'il existe une
réalité qui dépasse le rêve, c'est ceci : vivre, voir
le soleil, être en pleine possession de la force vi-
rile, avoir la santé et la joie, rire vaillamment,
courir vers une gloire qu'on a devant soi, éblouis-
sante, se sentir dans la poitrine un poumon qui
respire, un cœur qui bat, une volonté qui raisonne, parler, penser, espérer, aimer, avoir une
mère, avoir une femme, avoir des enfants, avoir la
lumière, et tout à coup, le temps d'un cri, en
moins d'une minute, s'effondrer dans un abîme,
tomber, rouler, écraser, être écrasé, voir des épis
de blé, des fleurs, des feuilles, des branches, ne
pouvoir se retenir à rien, sentir son sabre inutile,
des hommes sous soi, des chevaux sur soi, se dé-
battre en vain, les os brisés par quelque ruade
dans les ténèbres, sentir un talon qui vous fait
jaillir les yeux, mordre avec rage des fers de chevaux, étouffer, hurler, se tordre, être là-dessous,
et se dire : tout à l'heure j'étais un vivant !

Là où avait râlé ce lamentable désastre, tout
faisait silence maintenant. L'encaissement du chemin creux était comblé de chevaux et de cavaliers
inextricablement amoncelés. Enchevêtrement ter-

rible. Il n'y avait plus de talus, les cadavres nive-
laient la route avec la plaine et venaient au ras du
bord comme un boisseau d'orge bien mesuré. Un
tas de morts dans la partie haute, une rivière de
sang dans la partie basse ; telle était cette route.
le soir du 18 juin 1815. Le sang coulait jusque sur
la chaussée de Nivelles et s'y extravasait en une
large mare devant l'abatis d'arbres qui barrait la
chaussée, à un endroit qu'on montre encore. C'est,
on s'en souvient, au point opposé, vers la chaussée de Genappe, qu'avait eu lieu l'effondrement
des cuirassiers. L'épaisseur des cadavres se pro-
portionnait à la profondeur du chemin creux. Vers
le milieu, à l'endroit où il devenait plane, là où
avait passé la division Delord, la couche des
morts s'amincissait.

Le rôdeur nocturne que nous venons de faire
entrevoir au lecteur allait de ce côté. Il furetait
cette immense tombe. Il regardait. Il passait on
ne sait quelle hideuse revue des morts. Il marchait
les pieds dans le sang.

Tout à coup il s'arrêta.

A quelques pas devant lui, dans le chemin
creux, au point où finissait le monceau des morts.

de dessous cet amas d'hommes et de chevaux, sortait une main ouverte, éclairée par la lune.

Cette main avait au doigt quelque chose qui brillait, et qui était un anneau d'or.

L'homme se courba, demeura un moment accroupi, et quand il se releva, il n'y avait plus d'anneau à cette main.

Il ne se releva pas précisément ; il resta dans une attitude fausse et effarouchée, tournant le dos au tas de morts, scrutant l'horizon, à genoux, tout l'avant du corps portant sur les deux index appuyés à terre, la tête guettant par-dessus le bord du chemin creux. Les quatre pattes du chacal conviennent à de certaines actions.

Puis, prenant son parti, il se dressa.

En ce moment il eut un soubresaut. Il sentit que par derrière on le tenait.

Il se retourna ; c'était la main ouverte qui s'était refermée et qui avait saisi le pan de sa capote.

Un honnête homme eût eu peur. Celui-ci se mit à rire.

— Tiens, dit-il, ce n'est que le mort. J'aime mieux un revenant qu'un gendarme.

Cependant la main défaillit et le lâcha. L'effort
s'épuise vite dans la tombe.

— Ah çà! reprit le rôdeur, est-il vivant, ce
mort? Voyons donc.

Il se pencha de nouveau, fouilla le tas, écarta
ce qui faisait obstacle, saisit la main, empoigna le
bras, dégagea la tête, tira le corps, et quelques
instants après il traînait dans l'ombre du chemin
creux un homme inanimé, au moins évanoui.
C'était un cuirassier, un officier, un officier même
d'un certain rang; une grosse épaulette d'or sortait de dessous la cuirasse; cet officier n'avait
plus de casque. Un furieux coup de sabre balafrait
son visage où l'on ne voyait que du sang. Du reste,
il ne semblait pas qu'il eût de membre cassé, et
par quelque hasard heureux, si ce mot est possible
ici, les morts s'étaient arc-boutés au-dessus de
lui de façon à le garantir de l'écrasement. Ses
yeux étaient fermés.

Il avait sur sa cuirasse la croix d'argent de la
Légion d'honneur.

Le rôdeur arracha cette croix qui disparut dans
un des gouffres qu'il avait sous sa capote.

Après quoi, il tâta le gousset de l'officier, y sentit une montre et la prit. Puis, il fouilla le gilet, y trouva une bourse et l'empocha.

Comme il en était à cette phase des secours qu'il portait à ce mourant, l'officier ouvrit les yeux.

— Merci, dit-il faiblement.

La brusquerie des mouvements de l'homme qui le maniait, la fraîcheur de la nuit, l'air respiré librement, l'avaient tiré de sa léthargie.

Le rôdeur ne répondit point. Il leva la tête. On entendait un bruit de pas dans la plaine ; probablement quelque patrouille qui approchait.

L'officier murmura, car il y avait encore de l'agonie dans sa voix :

— Qui a gagné la bataille?

— Les anglais, répondit le rôdeur.

L'officier reprit :

— Cherchez dans mes poches. Vous y trouverez une bourse et une montre. Prenez-les.

C'était déjà fait.

Le rôdeur exécuta le semblant demandé, et dit :

— Il n'y a rien.

— On m'a volé, reprit l'officier, j'en suis fâché. C'eût été pour vous.

Les pas de la patrouille devenaient de plus en plus distincts.

— Voici qu'on vient, dit le rôdeur, faisant le mouvement d'un homme qui s'en va.

L'officier, soulevant péniblement le bras, le retint :

— Vous m'avez sauvé la vie. Qui êtes-vous ?

Le rôdeur répondit vite et bas :

— J'étais comme vous de l'armée française. Il faut que je vous quitte. Si l'on me prenait, on me fusillerait. Je vous ai sauvé la vie. Tirez-vous d'affaire maintenant.

— Quel est votre grade ?

— Sergent.

— Comment vous appelez-vous ?

— Thénardier.

— Je n'oublierai pas ce nom, dit l'officier. Et vous, retenez le mien. Je me nomme Pontmercy.

LIVRE DEUXIÈME

LE VAISSEAU L'ORION

I

LE NUMÉRO 24601 DEVIENT LE NUMÉRO 9430

Jean Valjean avait été repris.

On nous saura gré de passer rapidement sur des détails douloureux. Nous nous bornons à transcrire deux entrefilets publiés par les journaux du temps, quelques mois après les événements surprenants accomplis à M. — sur M. —   .

Ces articles sont un peu sommaires. On se souvient qu'il n'existait pas encore à cette époque de *Gazette des Tribunaux.*

Nous empruntons le premier au *Drapeau blanc.* Il est daté du 25 juillet 1823 :

« — Un arrondissement du Pas-de-Calais vient
« d'être le théâtre d'un événement peu ordinaire.
« Un homme étranger au département et nommé
« M. Madeleine avait relevé depuis quelques an-
« nées, grâce à des procédés nouveaux, une an-
« cienne industrie locale, la fabrication des jais et
« des verroteries noires. Il y avait fait sa fortune,
« et, disons-le, celle de l'arrondissement. En re-
« connaissance de ses services on l'avait nommé
« maire. La police a découvert que M. Madeleine
« n'était autre qu'un ancien forçat en rupture de
« ban, condamné en 1796 pour vol, et nommé
« Jean Valjean. Jean Valjean a été réintégré au
« bagne. Il paraît qu'avant son arrestation il avait
« réussi à retirer de chez M. Laffitte une somme de
« plus d'un demi-million qu'il y avait placée, et
« qu'il avait, du reste, très-légitimement, dit-on,
« gagnée dans son commerce. On n'a pu savoir
« où Jean Valjean avait caché cette somme depuis
« sa rentrée au bagne de Toulon. »

Le deuxième article, un peu plus détaillé, est
extrait du *Journal de Paris,* même date :

« — Un ancien forçat libéré, nommé Jean Val-
« jean, vient de comparaître devant la cour d'as-
« sises du Var dans des circonstances faites pour
« appeler l'attention. Ce scélérat était parvenu à
« tromper la vigilance de la police ; il avait changé
« de nom et avait réussi à se faire nommer maire
« d'une de nos petites villes du Nord. Il avait éta-
« bli dans cette ville un commerce assez considé-
« rable. Il a été enfin démasqué et arrêté, grâce au
« zèle infatigable du ministère public. Il avait pour
« concubine une fille publique qui est morte de
« saisissement au moment de son arrestation. Ce
« misérable, qui est doué d'une force herculéenne,
« avait trouvé moyen de s'évader, mais, trois ou
« quatre jours après son évasion, la police mit de
« nouveau la main sur lui, à Paris même, au mo-
« ment où il montait dans une de ces petites voi-
« tures qui font le trajet de la capitale au village
« de Montfermeil (Seine-et-Oise). On dit qu'il
« avait profité de l'intervalle de ces trois ou quatre
« jours de liberté pour retirer une somme considé-
« rable placée par lui chez un de nos principaux

« banquiers. On évalue cette somme à six ou sept
« cent mille francs. A en croire l'acte d'accusation,
« il l'aurait enfouie en un lieu connu de lui seul et
« l'on n'a pas pu la saisir ; quoi qu'il en soit, le
« nommé Jean Valjean vient d'être traduit aux
« assises du département du Var comme accusé
« d'un vol de grand chemin commis à main armée,
« il y a huit ans environ, sur la personne d'un de
« ces honnêtes enfants qui, comme l'a dit le pa-
« triarche de Ferney en vers immortels,

> « ... De Savoie arrivent tous les ans
> « Et dont la main légèrement essuie
> « Ces longs canaux engorgés par la suie.

« Ce bandit a renoncé à se défendre. Il a été établi,
« par l'habile et éloquent organe du ministère pu-
« blic, que le vol avait été commis de complicité et
« que Jean Valjean faisait partie d'une bande de
« voleurs dans le Midi. En conséquence Jean Val-
« jean, déclaré coupable, a été condamné à la peine
« de mort. Ce criminel avait refusé de se pourvoir
« en cassation. Le roi, dans son inépuisable clé-
« mence, a daigné commuer sa peine en celle des
« travaux forcés à perpétuité. Jean Valjean a été

« immédiatement dirigé sur le bagne de Toulon. »

On n'a pas oublié que Jean Valjean avait à M.—
sur M.— des habitudes religieuses. Quelques journaux, entre autres le *Constitutionnel,* présentèrent
cette commutation comme un triomphe du parti
prêtre.

Jean Valjean changea de chiffre au bagne. Il
s'appela 9430.

Du reste, disons-le pour n'y plus revenir, avec
M. Madeleine la prospérité de M.— sur M.— disparut; tout ce qu'il avait prévu dans sa nuit de
fièvre et d'hésitation se réalisa; lui de moins, ce
fut en effet l'*âme de moins.* Après sa chute il se fit
à M.— sur M.— ce partage égoïste des grandes
existences tombées, ce fatal dépècement des choses
florissantes qui s'accomplit tous les jours obscuré-
ment dans la communauté humaine et que l'histoire
n'a remarqué qu'une fois, parce qu'il s'est fait
après la mort d'Alexandre. Les lieutenants se cou-
ronnent rois; les contre-maîtres s'improvisèrent
fabricants. Les rivalités envieuses surgirent. Les
vastes ateliers de M. Madeleine furent fermés; les
bâtiments tombèrent en ruine, les ouvriers se dis-
persèrent. Les uns quittèrent le pays, les autres

quittèrent le métier. Tout se fit désormais en petit,
au lieu de se faire en grand; pour le lucre, au lieu
de se faire pour le bien. Plus de centre; la concur-
rence partout, et l'acharnement. M. Madeleine
dominait tout, et dirigeait. Lui tombé, chacun tira
à soi; l'esprit de lutte succéda à l'esprit d'organi-
sation, l'âpreté à la cordialité, la haine de l'un
contre l'autre à la bienveillance du fondateur pour
tous; les fils noués par M. Madeleine se brouil-
lèrent et se rompirent; on falsifia les procédés, on
avilit les produits, on tua la confiance; les débou-
chés diminuèrent, moins de commandes; le salaire
baissa, les ateliers chômèrent, la faillite vint. Et
puis plus rien pour les pauvres. Tout s'évanouit.

L'État lui-même s'aperçut que quelqu'un avait
été écrasé quelque part. Moins de quatre ans après
l'arrêt de la cour d'assises constatant au profit du
bagne l'identité de M. Madeleine et de Jean Valjean, les frais de perception de l'impôt étaient dou-
blés dans l'arrondissement de M. — sur M. —; et
M. de Villèle en faisait l'observation à la tribune
au mois de février 1827.

OU ON LIRA DEUX VERS QUI SONT PEUT-ÊTRE

DU DIABLE

Avant d'aller plus loin, il est à propos de racon-
ter avec quelque détail un fait singulier qui se
passa vers la même époque à Montfermeil et qui
n'est peut-être pas sans coïncidence avec certaines
conjectures du ministère public.

Il y a dans le pays de Montfermeil une superstition très-ancienne, d'autant plus curieuse et

d'autant plus précieuse qu'une superstition popu-
laire dans le voisinage de Paris est comme un
aloès en Sibérie. Nous sommes de ceux qui res-
pectent tout ce qui est à l'état de plante rare. Voici
donc la superstition de Montfermeil : on croit
que le diable a, de temps immémorial, choisi la forêt pour y cacher ses trésors. Les bonnes femmes
affirment qu'il n'est pas rare de rencontrer, à la
chute du jour, dans les endroits écartés du bois,
un homme noir, ayant la mine d'un charretier ou
d'un bûcheron, chaussé de sabots, vêtu d'un pan-
talon et d'un sarrau de toile, et reconnaissable en
ce qu'au lieu de bonnet ou de chapeau il a deux immenses cornes sur la tête. Ceci doit le rendre reconnaissable en effet. Cet homme est habituellement occupé à creuser un trou. Il y a trois manières
de tirer parti de cette rencontre. La première, c'est
d'aborder l'homme et de lui parler. Alors on s'a-
perçoit que cet homme est tout bonnement un
paysan, qu'il paraît noir parce qu'on est au crépuscule, qu'il ne creuse pas le moindre trou, mais
qu'il coupe de l'herbe pour ses vaches, et que ce
qu'on avait pris pour des cornes n'est autre chose
qu'une fourche à fumier qu'il porte sur son dos et

dont les dents, grâce à la perspective du soir,
semblaient lui sortir de la tête. On rentre chez soi,
et l'on meurt dans la semaine. La seconde manière,
c'est de l'observer, d'attendre qu'il ait creusé son
trou, qu'il l'ait refermé et qu'il s'en soit allé ; puis
de courir bien vite à la fosse, de la rouvrir et d'y
prendre le « trésor » que l'homme noir y a néces-
sairement déposé. En ce cas, on meurt dans le
mois. Enfin la troisième manière, c'est de ne point
parler à l'homme noir, de ne point le regarder
et de s'enfuir à toutes jambes. On meurt dans
l'année.

Comme les trois manières ont leurs inconvénients, la seconde, qui offre du moins quelques
avantages, entre autres celui de posséder un trésor,
ne fût-ce qu'un mois, est la plus généralement
adoptée. Les hommes hardis que toutes les chances
tentent ont donc, assez souvent, à ce qu'on assure,
rouvert les trous creusés par l'homme noir et
essayé de voler le diable. Il paraît que l'opération
est médiocre. Du moins, s'il faut en croire la tradition et en particulier les deux vers énigmatiques en
latin barbare qu'a laissés sur ce sujet un mauvais
moine normand, un peu sorcier, appelé Tryphon.

Ce Tryphon est enterré à l'abbaye Saint-Georges de Bocherville près Rouen, et il naît des crapauds sur sa tombe.

On fait donc des efforts énormes ; ces fosses-là sont ordinairement très-creuses, on sue, on fouille, on travaille toute une nuit, car c'est la nuit que cela se fait ; on mouille sa chemise, on brûle sa chandelle, on ébrèche sa pioche, et lorsqu'on est arrivé enfin au fond du trou, lorsqu'on met la main sur le « trésor », que trouve-t-on ? qu'est-ce que c'est que le trésor du diable ? Un sou, parfois un écu ; une pierre, un squelette, un cadavre saignant, quelquefois un spectre plié en quatre comme une feuille de papier dans un portefeuille, quelquefois rien. C'est ce que semblent annoncer aux curieux indiscrets les vers de Tryphon :

> Fodit, et in fossa thesauros condit opaca,
> As, nummos, lapides, cadaver, simulacra, nihilque.

Il paraît que de nos jours on y trouve aussi, tantôt une poire à poudre avec des balles, tantôt un vieux jeu de cartes gras et roussi qui a évidemment servi au diable. Tryphon n'enregistre point ces deux trouvailles, attendu que Tryphon vivait au dou-

zième siècle et qu'il ne semble point que le diable
ait eu l'esprit d'inventer la poudre avant Roger
Bacon et les cartes avant Charles VI.

Du reste, si l'on joue avec ces cartes, on est sûr
de perdre tout ce qu'on possède; et quant à la
poudre qui est dans la poire, elle a la propriété de
vous faire éclater votre fusil à la figure.

Or, fort peu de temps après l'époque où il sembla au ministère public que le forçat libéré Jean
Valjean, pendant son évasion de quelques jours,
avait rôdé autour de Montfermeil, on remarqua
dans ce même village qu'un certain vieux cantonnier appelé Boulatruelle avait « des allures » dans
le bois. On croyait savoir dans le pays que ce
Boulatruelle avait été au bagne; il était soumis à
de certaines surveillances de police, et, comme il
ne trouvait d'ouvrage nulle part, l'administration
l'employait au rabais comme cantonnier sur le chemin de traverse de Gagny à Lagny.

Ce Boulatruelle était un homme vu de travers
par les gens de l'endroit, trop respectueux, trop
humble, prompt à ôter son bonnet à tout le monde,
tremblant et souriant devant les gendarmes, probablement affilié à des bandes, disait-on, suspect

d'embuscade au coin des taillis à la nuit tombante.
Il n'avait que cela pour lui qu'il était ivrogne.

Voici ce qu'on croyait avoir remarqué :

Depuis quelque temps, Boulatruelle quittait de
fort bonne heure sa besogne d'empierrement et
d'entretien de la route et s'en allait dans la forêt
avec sa pioche. On le rencontrait vers le soir dans
les clairières les plus désertes, dans les fourrés les
plus sauvages, ayant l'air de chercher quelque
chose, quelquefois creusant des trous. Les bonnes
femmes qui passaient le prenaient d'abord pour
Belzébuth, puis elles reconnaissaient Boulatruelle,
et n'étaient guère plus rassurées. Ces rencontres
paraissaient contrarier vivement Boulatruelle. Il
était visible qu'il cherchait à se cacher, et qu'il y
avait un mystère dans ce qu'il faisait.

On disait dans le village : — C'est clair que le
diable a fait quelque apparition. Boulatruelle l'a
vu, et cherche. Au fait, il est fichu pour empoigner
le magot de Lucifer. — Les voltairiens ajoutaient :
Sera-ce Boulatruelle qui attrapera le diable, ou le
diable qui attrapera Boulatruelle? — Les vieilles
femmes faisaient beaucoup de signes de croix.

Cependant les manéges de Boulatruelle dans le

bois cessèrent, et il reprit régulièrement son travail de cantonnier. On parla d'autre chose.

Quelques personnes toutefois étaient restées cu-
rieuses, pensant qu'il y avait probablement dans
ceci, non point les fabuleux trésors de la légende,
mais quelque bonne aubaine plus sérieuse et plus
palpable que les billets de banque du diable, et
dont le cantonnier avait sans doute surpris à moitié
le secret. Les plus « intrigués » étaient le maître
d'école et le gargotier Thénardier, lequel était
l'ami de tout le monde et n'avait point dédaigné
de se lier avec Boulatruelle.

— Il a été aux galères, disait Thénardier.
Eh! mon Dieu! on ne sait ni qui y est, ni qui y
sera.

Un soir le maître d'école affirmait qu'autrefois
la justice se serait enquis de ce que Boulatruelle
allait faire dans le bois, et qu'il aurait bien fallu
qu'il parlât, et qu'on l'aurait mis à la torture au
besoin, et que Boulatruelle n'aurait point résisté.
par exemple, à la question de l'eau. — Donnons-
lui la question du vin, dit Thénardier.

On se mit à quatre et l'on fit boire le vieux cantonnier. Boulatruelle but énormément et parla peu.

Il combina, avec un art admirable et dans une
proportion magistrale, la soif d'un goinfre avec
la discrétion d'un juge. Cependant, à force de revenir à la charge, et de rapprocher et de presser
les quelques paroles obscures qui lui échappèrent,
voici ce que Thénardier et le maître d'école cru-
rent comprendre :

Boulatruelle, un matin, en se rendant au point
du jour à son ouvrage, aurait été surpris de voir,
dans un coin du bois, sous une broussaille, une
pelle et une pioche, *comme qui dirait cachées.*
Cependant, il aurait pensé que c'était probablement la pelle et la pioche du père Six-Fours, le
porteur d'eau, et il n'y aurait plus songé. Mais
le soir même du jour, il aurait vu, sans pouvoir
être vu lui-même, étant masqué par un gros
arbre, se diriger de la route vers le plus épais du
bois « un particulier qui n'était pas du tout du
pays, et que lui, Boulatruelle, connaissait très-
bien. » Traduction par Thénardier : *Un camarade
du bagne.* Boulatruelle s'était obstinément refusé à
dire le nom. Ce particulier portait un paquet,
quelque chose de carré, comme une grande boîte
ou un petit coffre. Surprise de Boulatruelle. Ce ne

serait pourtant qu'au bout de sept ou huit minutes
que l'idée de suivre « le particulier » lui serait venue. Mais il était trop tard, le particulier
était déjà dans le fourré, la nuit s'était faite, et
Boulatruelle n'avait pu le rejoindre. Alors il avait
pris le parti d'observer la lisière du bois. « Il faisait lune. » Deux ou trois heures après, Boulatruelle avait vu ressortir du taillis son particulier
portant maintenant, non plus le petit coffre-malle,
mais une pioche et une pelle. Boulatruelle avait
laissé passer le particulier et n'avait pas eu l'idée
de l'aborder, parce qu'il s'était dit que l'autre était
trois fois plus fort que lui, et armé d'une pioche,
et l'assommerait probablement en le reconnaissant
et en se voyant reconnu. Touchante effusion de deux
vieux camarades qui se retrouvent. Mais la pelle et
la pioche avaient été un trait de lumière pour Boulatruelle; il avait couru à la broussaille du matin,
et n'y avait plus trouvé ni pelle ni pioche. Il en
avait conclu que son particulier, entré dans le bois,
y avait creusé un trou avec la pioche, avait en-
foui le coffre, et avait refermé le trou avec la
pelle. Or, le coffre était trop petit pour contenir
un cadavre, donc il contenait de l'argent. De là

ses recherches. Boulatruelle avait exploré, sondé et fureté toute la forêt, et fouillé partout où la terre lui avait paru fraîchement remuée. En vain.

Il n'avait rien « déniché. » Personne n'y pensa plus dans Montfermeil. Il y eut seulement quelques braves commères qui dirent : Tenez pour certain que le cantonnier de Gagny n'a pas fait tout ce triquemaque pour rien ; il est sûr que le diable est venu.

III

QU'IL FALLAIT QUE LA CHAINE DE LA MANILLE
EUT SUBI UN CERTAIN TRAVAIL PRÉPARATOIRE
POUR ÊTRE AINSI BRISÉE D'UN COUP
DE MARTEAU

Vers la fin d'octobre de cette même année 1823, les habitants de Toulon virent rentrer dans leur port, à la suite d'un gros temps et pour réparer quelques avaries, le vaisseau l'*Orion* qui a été plus tard employé à Brest comme vaisseau-école

et qui faisait alors partie de l'escadre de la Méditerranée.

Ce bâtiment, tout écloppé qu'il était, car la mer
l'avait malmené, fit de l'effet en entrant dans la
rade. Il portait je ne sais plus quel pavillon qui
lui valut un salut réglementaire de onze coups de
canon, rendus par lui coup pour coup ; total : vingt-
deux. On a calculé qu'en salves, politesses royales
et militaires, échanges de tapages courtois, si-
gnaux d'étiquette, formalités de rades et de citadelles, levers et couchers de soleil salués tous les
jours par toutes les forteresses et tous les navires
de guerre, ouvertures et fermetures des portes, etc., etc., le monde civilisé tirait à poudre
par toute la terre, toutes les vingt-quatre heures,
cent cinquante mille coups de canon inutiles. A
six francs le coup de canon, cela fait neuf cent
mille francs par jour, trois cents millions par an,
qui s'en vont en fumée. Ceci n'est qu'un détail.
Pendant ce temps-là les pauvres meurent de
faim.

L'année 1823 était ce que la restauration a appelé « l'époque de la guerre d'Espagne. »

Cette guerre contenait beaucoup d'événements

dans un seul, et force singularités. Une grosse
affaire de famille pour la maison de Bourbon; la
branche de France secourant et protégeant la
branche de Madrid, c'est-à-dire faisant acte
d'aînesse; un retour apparent à nos traditions
nationales compliqué de servitude et de sujétion
aux cabinets du nord; M. le duc d'Angoulême,
surnommé par les feuilles libérales *le héros d'An-
dujar*, comprimant, dans une attitude triomphale
un peu contrariée par son air paisible, le vieux terrorisme fort réel du saint-office aux prises avec le
terrorisme chimérique des libéraux; les sans-cu-
lottes ressuscités au grand effroi des douairières
sous le nom de *descamisados;* le monarchisme faisant obstacle au progrès qualifié anarchie; les
théories de 89 brusquement interrompues dans la
sape; un holà européen intimé à l'idée française
faisant son tour du monde; à côté du fils de
France généralissime, le prince de Carignan, depuis Charles-Albert, s'enrôlant dans cette croisade
des rois contre les peuples comme volontaire avec
des épaulettes de grenadier en laine rouge; les soldats de l'empire se remettant en campagne, mais
après huit années de repos, vieillis, tristes, et sous

la cocarde blanche ; le drapeau tricolore agité à
l'étranger par une héroïque poignée de français
comme le drapeau blanc l'avait été à Coblentz
trente ans auparavant ; les moines mêlés à nos
troupiers ; l'esprit de liberté et de nouveauté mis à
la raison par les baïonnettes ; les principes matés à
coups de canon ; la France défaisant par ses armes
ce qu'elle avait fait par son esprit ; du reste, les
chefs ennemis vendus, les soldats hésitant, les
villes assiégées par des millions ; point de périls
militaires et pourtant des explosions possibles,
comme dans toute mine surprise et envahie ; peu
de sang versé, peu d'honneur conquis, de la honte
pour quelques-uns, de la gloire pour personne :
telle fut cette guerre, faite par des princes qui des-
cendaient de Louis XIV et conduite par des généraux qui sortaient de Napoléon. Elle eut ce triste
sort de ne rappeler ni la grande guerre ni la
grande politique.

Quelques faits d'armes furent sérieux ; la prise
du Trocadero, entre autres, fut une belle action
militaire ; mais en somme, nous le répétons, les
trompettes de cette guerre rendent un son fêlé,
l'ensemble fut suspect, l'histoire approuve la

France dans sa difficulté d'acceptation de ce faux triomphe. Il parut évident que certains officiers espagnols chargés de la résistance cédaient trop aisément, l'idée de corruption se dégagea de la victoire; il sembla qu'on avait plutôt gagné les généraux que les batailles, et le soldat vainqueur rentra humilié. Guerre diminuante en effet où l'on put lire *Banque de France* dans les plis du drapeau.

Des soldats de la guerre de 1808, sur lesquels s'était formidablement écroulée Saragosse, fronçaient le sourcil en 1823 devant l'ouverture facile des citadelles, et se prenaient à regretter Palafox. C'est l'humeur de la France d'aimer encore mieux avoir devant elle Rostopchine que Ballesteros.

A un point de vue plus grave encore, et sur lequel il convient d'insister aussi, cette guerre, qui froissait en France l'esprit militaire, indignait l'esprit démocratique. C'était une entreprise d'asservissement. Dans cette campagne, le but du soldat français, fils de la démocratie, était la conquête d'un joug pour autrui. Contre-sens hideux. La France est faite pour réveiller l'âme des peuples, non pour l'étouffer. Depuis 1792, toutes les révo-

lutions de l'Europe sont la révolution française ; la
liberté rayonne de France. C'est là un fait solaire.
Aveugle qui ne le voit pas ! C'est Bonaparte qui l'a
dit.

La guerre de 1823, attentat à la généreuse nation espagnole, était donc en même temps un
attentat à la révolution française. Cette voie de fait
monstrueuse, c'était la France qui la commettait ;
de force ; car, en dehors des guerres libératrices,
tout ce que font les armées, elles le font de force.
Le mot *obéissance passive* l'indique. Une armée est
un étrange chef-d'œuvre de combinaison où la
force résulte d'une somme énorme d'impuissance.
Ainsi s'explique la guerre, faite par l'humanité
contre l'humanité malgré l'humanité.

Quant aux Bourbons, la guerre de 1823 leur fut
fatale. Ils la prirent pour un succès. Ils ne virent
point quel danger il y a à faire tuer une idée par
une consigne. Ils se méprirent dans leur naïveté au
point d'introduire dans leur établissement comme
élément de force l'immense affaiblissement d'un
crime. L'esprit de guet-apens entra dans leur politique. 1830 germa dans 1823. La campagne d'Espagne devint dans leurs conseils un argument pour

les coups de force et pour les aventures de droit
divin. La France, ayant rétabli *el rey neto* en
Espagne, pouvait bien rétablir le roi absolu chez
elle. Ils tombèrent dans cette redoutable erreur de
prendre l'obéissance du soldat pour le consente-
ment de la nation. Cette confiance-là perd les trônes.
Il ne faut s'endormir, ni à l'ombre d'un mancenil-
lier, ni à l'ombre d'une armée.

Revenons au navire l'*Orion*.

Pendant les opérations de l'armée commandée
par le prince-généralissime, une escadre croisait
dans la Méditerranée. Nous venons de dire que
l'*Orion* était de cette escadre et qu'il fut ramené
par des événements de mer dans le port de Toulon.

La présence d'un vaisseau de guerre dans un
port a je ne sais quoi qui appelle et qui occupe la
foule. C'est que cela est grand, et que la foule aime
ce qui est grand.

Un vaisseau de ligne est une des plus magnifiques rencontres qu'ait le génie de l'homme avec
la puissance de la nature.

Un vaisseau de ligne est composé à la fois de ce
qu'il y a de plus lourd et de ce qu'il y a de plus

léger, parce qu'il a affaire en mê.ne temps aux trois
formes de la substance. au solide, au liquide, au
fluide, et qu'il doit lutter contre toutes les trois. Il
a onze griffes de fer pour saisir le granit au fond de
la mer, et plus d'ailes et plus d'antennes que la
bigaille pour prendre le vent dans les nuées. Son
haleine sort par ses cent-vingt canons comme par
des clairons énormes, et répond fièrement à la
foudre. L'Océan cherche à l'égarer dans l'effrayante
similitude de ses vagues, mais le vaisseau a son
âme, sa boussole. qui le conseille et lui montre
toujours le nord. Dans les nuits noires ses fanaux
suppléent aux étoiles. Ainsi contre le vent il a la
corde et la toile. contre l'eau le bois, contre le rocher le fer, le cuivre et le plomb. contre l'ombre
la lumière, contre l'immensité une aiguille.

Si l'on veut se faire une idée de toutes ces pro-
portions gigantesques dont l'ensemble constitue le
vaisseau de ligne, on n'a qu'à entrer sous une des
cales couvertes, à six étages. des ports de Brest ou
de Toulon. Les vaisseaux en construction sont là
sous cloche, pour ainsi dire. Cette poutre colossale,
c'est une vergue; cette grosse colonne de bois, couchée à terre à perte de vue, c'est le grand mât. A le

prendre de sa racine dans la cale à sa cime dans
la nuée, il est long de soixante toises, et il a trois
pieds de diamètre à sa base. Le grand mât anglais
s'élève à deux cent dix-sept pieds au-dessus de
la ligne de flottaison. La marine de nos pères
employait des câbles, la nôtre emploie des chaînes.
Le simple tas de chaînes d'un vaisseau de cent
canons a quatre pieds de haut, vingt pieds de large,
huit pieds de profondeur. Et pour faire ce vaisseau,
combien faut-il de bois? Trois mille stères. C'est
une forêt qui flotte.

Et encore, qu'on le remarque bien, il ne s'agit
ici que du bâtiment militaire d'il y a quarante ans,
du simple navire à voiles ; la vapeur, alors dans
l'enfance, a depuis ajouté de nouveaux miracles à
ce prodige qu'on appelle le vaisseau de guerre. A
l'heure qu'il est, par exemple, le navire mixte à
hélice est une machine surprenante traînée par une
voilure de trois mille mètres carrés de surface et
par une chaudière de la force de deux mille cinq
cents chevaux.

Sans parler de ces merveilles nouvelles, l'ancien navire de Christophe Colomb et de Ruyter est
un des grands chefs-d'œuvre de l'homme. Il est

inépuisable en force comme l'infini en souffles, il
emmagasine le vent dans sa voile, il est précis dans
l'immense diffusion des vagues, il flotte et il règne.

Il vient une heure pourtant où la rafale brise
comme une paille cette vergue de soixante pieds
de long, où le vent ploie comme un jonc ce mât de
quatre cents pieds de haut, où cette ancre qui pèse
dix milliers se tord dans la gueule de la vague
comme l'hameçon d'un pêcheur dans la mâchoire
d'un brochet, où ces canons monstrueux poussent
des rugissements plaintifs et inutiles que l'ouragan
emporte dans le vide et dans la nuit, où toute
cette puissance et toute cette majesté s'abîment
dans une puissance et dans une majesté supérieures.

Toutes les fois qu'une force immense se déploie
pour aboutir à une immense faiblesse, cela fait
rêver les hommes. De là, dans les ports, les curieux
qui abondent, sans qu'ils s'expliquent eux-mêmes
parfaitement pourquoi, autour de ces merveilleuses
machines de guerre et de navigation.

Tous les jours donc, du matin au soir, les quais,
les musoirs et les jetées du port de Toulon étaient
couverts d'une quantité d'oisifs et de badauds.

comme on dit à Paris, ayant pour affaire de regarder l'*Orion*.

L'*Orion* était un navire malade depuis longtemps. Dans ses navigations antérieures, des couches épaisses de coquillages s'étaient amoncelées sur sa carène au point de lui faire perdre la moitié de sa marche; on l'avait mis à sec l'année précédente pour gratter ces coquillages, puis il avait repris la mer. Mais ce grattage avait altéré les boulonnages de la carène. A la hauteur des Baléares. le bordé s'était fatigué et ouvert, et, comme le vaigrage ne se faisait pas alors en tôle, le navire avait fait de l'eau. Un violent coup d'équinoxe était survenu, qui avait défoncé à babord la poulaine et un sabord et endommagé le porte-haubans de misaine. A la suite de ces avaries, l'*Orion* avait regagné Toulon.

Il était mouillé près de l'Arsenal. Il était en armement et on le réparait. La coque n'avait pas été endommagée à tribord, mais quelques bordages étaient décloués çà et là, selon l'usage, pour laisser pénétrer de l'air dans la carcasse.

Un matin la foule qui le contemplait fut témoin d'un accident.

L'équipage était occupé à enverguer les voiles. Le gabier chargé de prendre l'empointure du grand hunier tribord perdit l'équilibre. On le vit chanceler, la multitude amassée sur le quai de l'Arsenal jeta un cri , la tête emporta le corps, l'homme tourna autour de la vergue, les mains étendues vers l'abîme ; il saisit, au passage, le faux marchepied d'une main d'abord, puis de l'autre, et il y resta suspendu. La mer était au-dessous de lui à une profondeur vertigineuse. La secousse de sa chute avait imprimé au faux marchepied un violent mouvement d'escarpolette. L'homme allait et venait au bout de cette corde comme la pierre d'une fronde.

Aller à son secours, c'était courir un risque effrayant. Aucun des matelots, tous pêcheurs de la côte nouvellement levés pour le service, n'osait s'y aventurer. Cependant le malheureux gabier se fatiguait ; on ne pouvait voir son angoisse sur son visage, mais on distinguait dans tous ses membres son épuisement. Ses bras se tordaient dans un tiraillement horrible. Chaque effort qu'il faisait pour remonter ne servait qu'à augmenter les oscillations du faux marchepied. Il ne criait pas de peur de

perdre de la force. On n'attendait plus que la minute où il lâcherait la corde, et par instants toutes
les têtes se détournaient afin de ne pas le voir passer. Il y a des moments où un bout de corde, une
perche, une branche d'arbre, c'est la vie même,
et c'est une chose affreuse de voir un être vivant
s'en détacher et tomber comme un fruit mûr.

Tout à coup, on aperçut un homme qui grim-
pait dans le gréement avec l'agilité d'un chat-
tigre. Cet homme était vêtu de rouge, c'était un
forçat ; il avait un bonnet vert, c'était un forçat à
vie. Arrivé à la hauteur de la hune, un coup de
vent emporta son bonnet et laissa voir une tête
toute blanche ; ce n'était pas un jeune homme.

Un forçat en effet, employé à bord avec une
corvée du bagne, avait dès le premier moment
couru à l'officier de quart et au milieu du trouble
et de l'hésitation de l'équipage, pendant que tous
les matelots tremblaient et reculaient, il avait demandé à l'officier la permission de risquer sa vie
pour sauver le gabier. Sur un signe affirmatif de
l'officier, il avait rompu d'un coup de marteau la
chaîne rivée à la manille de son pied, puis il avait
pris une corde, et il s'était élancé dans les haubans.

Personne ne remarqua en cet instant-là avec quelle
facilité cette chaîne fut brisée. Ce ne fut que plus
tard qu'on s'en souvint.

En un clin d'œil il fut sur la vergue. Il s'arrêta
quelques secondes et parut la mesurer du regard.
Ces secondes, pendant lesquelles le vent balançait
le gabier à l'extrémité d'un fil, semblèrent des
siècles à ceux qui regardaient. Enfin le forçat leva
les yeux au ciel, et fit un pas en avant. La foule
respira. On le vit parcourir la vergue en courant.
Parvenu à la pointe, il y attacha un bout de la
corde qu'il avait apportée et laissa pendre l'autre
bout, puis il se mit à descendre avec les mains le
long de cette corde, et alors ce fut une inexprimable
angoisse, au lieu d'un homme suspendu sur le
gouffre, on en vit deux.

On eût dit une araignée venant saisir une mouche;
seulement ici l'araignée apportait la vie et non la
mort. Dix mille regards étaient fixés sur ce groupe.
Pas un cri, pas une parole, le même frémissement
fronçait tous les sourcils. Toutes les bouches rete-
naient leur haleine, comme si elles eussent craint
d'ajouter le moindre souffle au vent qui secouait
les deux misérables.

Cependant le forçat était parvenu à s'affaler près du matelot. Il était temps ; une minute de plus, l'homme, épuisé et désespéré, se laissait tomber dans l'abîme ; le forçat l'avait amarré solidement avec la corde à laquelle il se tenait d'une main pendant qu'il travaillait de l'autre. Enfin on le vit remonter sur la vergue et y haler le matelot ; il le soutint là un instant pour lui laisser reprendre ses forces, puis il le saisit dans ses bras et le porta en marchant sur la vergue jusqu'au chouquet, et de là dans la hune où il le laissa dans les mains de ses camarades.

À cet instant la foule applaudit ; il y eut de vieux argousins de chiourme qui pleurèrent, les femmes s'embrassaient sur le quai, et l'on entendit toutes les voix crier avec une sorte de fureur attendrie : la grâce de cet homme !

Lui, cependant, s'était mis en devoir de redescendre immédiatement pour rejoindre sa corvée. Pour être plus promptement arrivé, il se laissa glisser dans le gréement et se mit à courir sur une basse vergue. Tous les yeux le suivaient. À un certain moment, on eut peur ; soit qu'il fût fatigué, soit que la tête lui tournât, on crut le voir hésiter

et chanceler. Tout à coup la foule poussa un grand
cri, le forçat venait de tomber à la mer.

La chute était périlleuse. La frégate l'*Algésiras*
était mouillée auprès de l'*Orion*, et le pauvre galérien était tombé entre les deux navires. Il était à
craindre qu'il ne glissât sous l'un ou sous l'autre.
Quatre hommes se jetèrent en hâte dans une embarcation. La foule les encourageait, l'anxiété était
de nouveau dans toutes les âmes. L'homme n'était
pas remonté à la surface. Il avait disparu dans la
mer sans y faire un pli, comme s'il fût tombé dans
une tonne d'huile. On sonda, on plongea. Ce fut
en vain. On chercha jusqu'au soir; on ne retrouva
pas même le corps.

Le lendemain, le journal de Toulon imprimait
ces quelques lignes : — « 17 novembre 1823. —
« Hier, un forçat, de corvée à bord de l'*Orion*, en
« revenant de porter secours à un matelot, est
« tombé à la mer et s'est noyé. On n'a pu retrouver
« son cadavre. On présume qu'il se sera engagé
« sous les pilotis de la pointe de l'arsenal. Cet
« homme était écroué sous le n° 9430 et se nom-
« mait Jean Valjean. »

LIVRE TROISIÈME

ACCOMPLISSEMENT DE LA PROMESSE
FAITE A LA MORTE

I

LA QUESTION DE L'EAU A MONTFERMEIL

Montfermeil est situé entre Livry et Chelles,
sur la lisière méridionale de ce haut plateau qui
sépare l'Ourcq de la Marne. Aujourd'hui c'est un
assez gros bourg orné, toute l'année, de villas en
plâtre, et, le dimanche, de bourgeois épanouis.
En 1823, il n'y avait à Montfermeil ni tant de
maisons blanches ni tant de bourgeois satisfaits :
ce n'était qu'un village dans les bois. On y ren-

contrait bien çà et là quelques maisons de plaisance du dernier siècle, reconnaissables à leur grand air, à leurs balcons en fer tordu et à ces longues fenêtres dont les petits carreaux font sur le blanc des volets fermés toutes sortes de verts différents. Mais Montfermeil n'en était pas moins un village. Les marchands de drap retirés et les agréés en villégiature ne l'avaient pas encore découvert. C'était un endroit paisible et charmant, qui n'était sur la route de rien ; on y vivait à bon marché de cette vie paysanne si abondante et si facile. Seulement l'eau y était rare à cause de l'élévation du plateau.

Il fallait aller la chercher assez loin. Le bout du village qui est du côté de Gagny puisait son eau aux magnifiques étangs qu'il y a là dans les bois ; l'autre bout, qui entoure l'église et qui est du côté de Chelles, ne trouvait d'eau potable qu'à une petite source à mi-côte, près de la route de Chelles, à environ un quart d'heure de Montfermeil.

C'était donc une assez rude besogne pour chaque ménage que cet approvisionnement de l'eau. Les grosses maisons, l'aristocratie, la gargote

Thénardier en faisait partie, payaient un liard par
seau d'eau à un bonhomme dont c'était l'état et
qui gagnait à cette entreprise des eaux de Montfermeil environ huit sous par jour ; mais ce bonhomme ne travaillait que jusqu'à sept heures du
soir l'été et jusqu'à cinq heures l'hiver, et une fois
la nuit venue, une fois les volets des rez-de-chaussée clos, qui n'avait pas d'eau à boire en allait
chercher ou s'en passait.

C'était là la terreur de ce pauvre être que le
lecteur n'a peut-être pas oublié, de la petite Cosette. On se souvient que Cosette était utile aux
Thénardier de deux manières, ils se faisaient payer
par la mère et ils se faisaient servir par l'enfant.
Aussi quand la mère cessa tout à fait de payer, on
vient de lire pourquoi dans les chapitres précédents,
les Thénardier gardèrent Cosette. Elle leur rem-
plaçait une servante. En cette qualité, c'était elle
qui courait chercher de l'eau quand il en fallait.
Aussi l'enfant, fort épouvantée de l'idée d'aller à
la source la nuit, avait-elle grand soin que l'eau ne
manquât jamais à la maison.

La Noël de l'année 1823 fut particulièrement
brillante à Montfermeil. Le commencement de l'hi-

ver avait été doux ; il n'avait encore ni gelé ni neigé. Des bateleurs venus de Paris avaient obtenu de M. le maire la permission de dresser leurs baraques dans la grande rue du village, et une bande de marchands ambulants avait, sous la même tolérance, construit ses échoppes sur la place de l'Église et jusque dans la ruelle du Boulanger, où était située, on s'en souvient peut-être, la gargote des Thénardier. Cela emplissait les auberges et les cabarets, et donnait à ce petit pays tranquille une vie bruyante et joyeuse. Nous devons même dire, pour être fidèle historien, que, parmi les curiosités étalées sur la place, il y avait une ménagerie dans laquelle d'affreux paillasses, vêtus de loques et venus on ne sait d'où, montraient en 1823 aux paysans de Montfermeil un de ces effrayants vautours du Brésil que notre Muséum royal ne possède que depuis 1845, et qui ont pour œil une cocarde tricolore. Les naturalistes appellent, je crois, cet oiseau Caracara Polyborus ; il est de l'ordre des apicides et de la famille des vautouriens. Quelques bons vieux soldats bonapartistes retirés dans le village allaient voir cette bête avec dévotion. Les bateleurs donnaient la cocarde

tricolore comme un phénomène unique et fait ex-
près par le bon Dieu pour leur ménagerie.

Dans la soirée même de Noël, plusieurs hommes, rouliers et colporteurs, étaient attablés et buvaient autour de quatre ou cinq chandelles dans la
salle basse de l'auberge Thénardier. Cette salle
ressemblait à toutes les salles de cabaret : des
tables, des brocs d'étain, des bouteilles, des buveurs, des fumeurs ; peu de lumière, beaucoup de
bruit. La date de l'année 1823 était pourtant indiquée par les deux objets à la mode alors dans la
classe bourgeoise qui étaient sur une table, savoir
un kaléidoscope et une lampe de fer-blanc moiré.
La Thénardier surveillait le souper qui rôtissait
devant un bon feu clair ; le mari Thénardier buvait
avec ses hôtes et parlait politique.

Outre les causeries politiques, qui avaient pour
objets principaux la guerre d'Espagne et M. le duc
d'Angoulême, on entendait dans le brouhaha des
parenthèses toutes locales comme celles-ci :

— Du côté de Nanterre et de Suresnes le vin a
beaucoup donné. Où l'on comptait sur dix pièces
on en a eu douze. Cela a beaucoup juté sous le
pressoir. — Mais le raisin ne devait pas être mûr ?

— Dans ces pays-là il ne faut pas qu'on vendange
mûr : le vin tourne au gras sitôt le printemps. —
C'est donc tout petit vin? — C'est des vins encore
plus petits que par ici. Il faut qu'on vendange
vert.

Etc. —

Ou bien, c'était un meunier qui s'écriait :

— Est-ce que nous sommes responsables de ce
qu'il y a dans les sacs? Nous y trouvons un tas de
petites graines que nous ne pouvons pas nous
amuser à éplucher et qu'il faut bien laisser passer
sous les meules; c'est l'ivraie, c'est la luzette, la
nielle, la vesce, la gaverolle, le chènevis, la queue-
de-renard, et une foule d'autres drogues, sans
compter les cailloux qui abondent dans de certains
blés, surtout dans les blés bretons. Je n'ai pas
l'amour de moudre du blé breton, pas plus que les
scieurs de long de scier des poutres où il y a des
clous. Jugez de la mauvaise poussière que tout cela
fait dans le rendement. Après quoi on se plaint de
la farine. On a tort. La farine n'est pas notre
faute.

Dans un entre-deux de fenêtres, un faucheur,
attablé avec un propriétaire qui faisait prix pour

un travail de prairie à faire au printemps,
disait :

— Il n'y a point de mal que l'herbe soit mouillée. Elle se coupe mieux. La rousée est bonne,
monsieur. C'est égal, cette herbe-là, votre herbe,
est jeune et bien difficile encore. Que voilà qui est
si tendre ; que voilà qui plie devant la planche de
fer.

Etc. —

Cosette était à sa place ordinaire, assise sur la
traverse de la table de cuisine près de la cheminée : elle était en haillons, elle avait ses pieds nus
dans des sabots et elle tricotait à la lueur du feu
des bas de laine destinés aux petites Thénardier.
Un tout jeune chat jouait sous les chaises. On entendait rire et jaser dans une pièce voisine deux
fraîches voix d'enfants ; c'était Éponine et Azelma.

Au coin de la cheminée, un martinet était suspendu à un clou.

Par intervalles, le cri d'un très-jeune enfant,
qui était quelque part dans la maison, perçait au
milieu du bruit du cabaret. C'était un petit garçon
que la Thénardier avait eu un des hivers précédents, — « sans savoir pourquoi, disait-elle :

effet du froid, » — et qui était âgé d'un peu plus
de trois ans. La mère l'avait nourri, mais ne l'aimait pas. Quand la clameur acharnée du mioche
devenait trop importune : — Ton fils piaille, disait
Thénardier, va donc voir ce qu'il veut. — Bah !
répondait la mère, il m'ennuie. — Et le petit
abandonné continuait de crier dans les ténèbres.

II

DEUX PORTRAITS COMPLÉTÉS

On n'a encore aperçu dans ce livre les Thénardier que de profil ; le moment est venu de tourner
autour de ce couple et de le regarder sous toutes
ses faces.

Thénardier venait de dépasser ses cinquante
ans ; madame Thénardier touchait à la quarantaine,
qui est la cinquantaine de la femme ; de façon qu'il
y avait équilibre d'âge entre la femme et le mari.

Les lecteurs ont peut-être, dès sa première apparition, conservé quelque souvenir de cette Thénardier grande, blonde, rouge, grasse, charnue, carrée, énorme et agile ; elle tenait, nous l'avons dit, de la race de ces sauvagesses colosses qui se cambrent dans les foires avec des pavés pendus à leur chevelure. Elle faisait tout dans le logis, les lits, les chambres, la lessive, la cuisine, la pluie, le beau temps, le diable. Elle avait pour tout domestique Cosette ; une souris au service d'un éléphant. Tout tremblait au son de sa voix, les vitres, les meubles et les gens. Son large visage, criblé de taches de rousseur, avait l'aspect d'une écumoire. Elle avait de la barbe. C'était l'idéal d'un fort de la halle habillé en fille. Elle jurait splendidement ; elle se vantait de casser une noix d'un coup de poing. Sans les romans qu'elle avait lus, et qui, par moments, faisaient bizarrement reparaître la mijaurée sous l'ogresse, jamais l'idée ne fût venue à personne de dire d'elle : C'est une femme. Cette Thénardier était comme le produit de la greffe d'une donzelle sur une poissarde. Quand on l'entendait parler, on disait : C'est un gendarme ; quand on la regardait boire, on disait : C'est un

charretier; quand on la voyait manier Cosette, on
disait : C'est le bourreau. Au repos, il lui sortait
de la bouche une dent.

Le Thénardier était un homme petit, maigre,
blême, anguleux, osseux, chétif, qui avait l'air
malade et qui se portait à merveille, sa fourberie
commençait là. Il souriait habituellement par précaution, et était poli à peu près avec tout le monde,
même avec le mendiant auquel il refusait un liard.
Il avait le regard d'une fouine et la mine d'un
homme de lettres. Il ressemblait beaucoup aux
portraits de l'abbé Delille. Sa coquetterie consistait
à boire avec les rouliers. Personne n'avait jamais
pu le griser. Il fumait dans une grosse pipe. Il
portait une blouse et sous sa blouse un vieil habit
noir. Il avait des prétentions à la littérature et au
matérialisme. Il y avait des noms qu'il prononçait
souvent, pour appuyer les choses quelconques qu'il
disait, Voltaire, Raynal, Parny, et, chose bizarre,
saint Augustin. Il affirmait avoir « un système. »
Du reste fort escroc. Un filousophe. Cette nuance
existe. On se souvient qu'il prétendait avoir servi;
il contait avec quelque luxe qu'à Waterloo, étant
sergent dans un 6e ou 9e léger quelconque, il avait,

seul contre un escadron de hussards de la mort,
couvert de son corps et sauvé à travers la mitraille
« un général dangereusement blessé. » De là, venait, pour son mur, sa flamboyante enseigne, et,
pour son auberge, dans le pays, le nom de « cabaret du sergent de Waterloo. » Il était libéral, classique et bonapartiste. Il avait souscrit pour le
champ d'Asile. On disait dans le village qu'il avait
étudié pour être prêtre.

Nous croyons qu'il avait simplement étudié en
Hollande pour être aubergiste. Ce gredin de l'ordre
composite était, selon les probabilités, quelque fla-
mand de Lille en Flandre, français à Paris, belge
à Bruxelles, commodément à cheval sur deux fron-
tières. Sa prouesse à Waterloo, on la connaît.
Comme on voit, il l'exagérait un peu. Le flux et le
reflux, le méandre, l'aventure, était l'élément de
son existence; conscience déchirée entraîne vie dé-
cousue; et vraisemblablement, à l'orageuse époque
du 18 juin 1815, Thénardier appartenait à cette
variété de cantiniers maraudeurs dont nous avons
parlé, battant l'estrade, vendant à ceux-ci, volant
ceux-là, et roulant en famille, homme, femme et
enfants, dans quelque carriole boiteuse, à la suite

des troupes en marche, avec l'instinct de se rattacher toujours à l'armée victorieuse. Cette campagne faite, ayant, comme il disait, « du quibus, » il
était venu ouvrir gargote à Montfermeil.

Ce quibus, composé des bourses et des mon-
tres, des bagues d'or et des croix d'argent, récol-
tées au temps de la moisson dans les sillons ense-
mencés de cadavres, ne faisait pas un gros total et
n'avait pas mené bien loin ce vivandier passé gargotier.

Thénardier avait ce je ne sais quoi de rectiligne
dans le geste qui, avec un juron, rappelle la caserne et, avec un signe de croix, le séminaire. Il
était beau parleur. Il se laissait croire savant.
Néanmoins, le maître d'école avait remarqué qu'il
faisait — «des cuirs. » — Il composait la carte à
payer des voyageurs avec supériorité, mais des
yeux exercés y trouvaient parfois des fautes d'or-
thographe. Thénardier était sournois, gourmand,
flâneur et habile. Il ne dédaignait pas ses servan-
tes, ce qui faisait que sa femme n'en avait plus.
Cette géante était jalouse. Il lui semblait que ce petit homme maigre et jaune devait être l'objet de la
convoitise universelle.

Thénardier, par-dessus tout, homme d'astuce et d'équilibre, était un coquin du genre tempéré. Cette espèce est la pire ; l'hypocrisie s'y mêle.

Ce n'est pas que Thénardier ne fût dans l'occasion capable de colère au moins autant que sa femme ; mais cela était très-rare, et dans ces moments-là, comme il en voulait au genre humain tout entier, comme il avait en lui une profonde fournaise de haine, comme il était de ces gens qui se vengent perpétuellement, qui accusent tout ce qui passe devant eux de tout ce qui est tombé sur eux, et qui sont toujours prêts à jeter sur le premier venu, comme légitime grief, le total des déceptions, des banqueroutes et des calamités de leur vie, comme tout ce levain se soulevait en lui et lui bouillonnait dans la bouche et dans les yeux, il était épouvantable. Malheur à qui passait sous sa fureur alors !

Outre toutes ses autres qualités, Thénardier était attentif et pénétrant, silencieux ou bavard à l'occasion, et toujours avec une haute intelligence. Il avait quelque chose du regard des marins accoutumés à cligner des yeux dans les lunettes d'approche. Thénardier était un homme d'État.

Tout nouveau venu qui entrait dans la gargote
disait en voyant la Thénardier : Voilà le maître de
la maison. Erreur. Elle n'était même pas la maîtresse. Le maître et la maîtresse, c'était le mari.
Elle faisait, il créait. Il dirigeait tout par une sorte
d'action magnétique invisible et continuelle. Un
mot lui suffisait, quelquefois un signe ; le masto-
donte obéissait. Le Thénardier était pour la Thénardier, sans qu'elle s'en rendît trop compte, une
espèce d'être particulier et souverain. Elle avait les
vertus de sa façon d'être ; jamais, eût-elle été en
dissentiment sur un détail avec « monsieur Thénardier, » hypothèse du reste inadmissible, elle n'eût
donné publiquement tort à son mari, sur quoi que
ce soit. Jamais elle n'eût commis « devant des
étrangers » cette faute que font si souvent les femmes, et qu'on appelle en langage parlementaire :
découvrir la couronne. Quoique leur accord n'eût
pour résultat que le mal, il y avait de la contem-
plation dans la soumission de la Thénardier à son
mari. Cette montagne de bruit et de chair se mouvait sous le petit doigt de ce despote frêle. C'était,
vu par son côté nain et grotesque, cette grande
chose universelle : l'adoration de la matière pour

l'esprit ; car de certaines laideurs ont leur raison
d'être dans les profondeurs mêmes de la beauté
éternelle. Il y avait de l'inconnu dans Thénardier ;
de là l'empire absolu de cet homme sur cette
femme. A de certains moments , elle le voyait
comme une chandelle allumée ; dans d'autres, elle
le sentait comme une griffe.

Cette femme était une créature formidable qui
n'aimait que ses enfants et ne craignait que son
mari. Elle était mère parce qu'elle était mammi-
fère. Du reste, sa maternité s'arrêtait à ses filles,
et, comme on le verra, ne s'étendait pas jusqu'aux
garçons. Lui, l'homme , n'avait qu'une pensée :
s'enrichir.

Il n'y réussissait point. Un digne théâtre manquait à ce grand talent. Thénardier à Montfermeil
se ruinait, si la ruine est possible à zéro ; en Suisse
ou dans les Pyrénées, ce sans-le-sou serait devenu
millionnaire. Mais où le sort attache l'aubergiste,
il faut qu'il broute.

On comprend que le mot *aubergiste* est employé
ici dans un sens restreint, et qui ne s'étend pas à
une classe entière.

En cette même année 1823, Thénardier était

endetté d'environ quinze cents francs de dettes criardes, ce qui le rendait soucieux.

Quelle que fût envers lui l'injustice opiniâtre de la destinée, le Thénardier était un des hommes qui comprenaient le mieux, avec le plus de profondeur et de la façon la plus moderne, cette chose qui est une vertu chez les peuples barbares et une marchandise chez les peuples civilisés, l'hospitalité. Du reste braconnier admirable et cité pour son coup de fusil. Il avait un certain rire froid et paisible qui était particulièrement dangereux.

Ses théories d'aubergiste jaillissaient quelquefois de lui par éclairs. Il avait des aphorismes professionnels qu'il insérait dans l'esprit de sa femme. — « Le devoir de l'aubergiste, lui disait-il un jour violemment et à voix basse, c'est de vendre au premier venu du fricot, du repos, de la lumière, du feu, des draps sales, de la bonne, des puces, du sourire ; d'arrêter les passants, de vider les petites bourses et d'alléger honnêtement les grosses, d'abriter avec respect les familles en route, de râper l'homme, dé plumer la femme, d'éplucher l'enfant ; de coter la fenêtre ouverte, la fenêtre fermée, le coin de la cheminée, le fauteuil, la chaise, le ta-

bouret, l'escabeau, le lit de plume, le matelas et la
botte de paille ; de savoir de combien l'ombre use
le miroir et de tarifer cela, et, par les cinq cent
mille diables, de faire tout payer au voyageur,
jusqu'aux mouches que son chien mange ! »

Cet homme et cette femme, c'était ruse et rage
mariés ensemble, attelage hideux et terrible.

Pendant que le mari ruminait et combinait, la
Thénardier, elle, ne pensait pas aux créanciers ab-
sents, n'avait souci d'hier ni de demain, et vivait
avec emportement, toute dans la minute.

Tels étaient ces deux êtres. Cosette était entre
eux, subissant leur double pression , comme une
créature qui serait à la fois broyée par une meule
et déchiquetée par une tenaille. L'homme et la
femme avaient chacun une manière différente ; Cosette était rouée de coups, cela venait de la femme ;
elle allait pieds nus l'hiver, cela venait du mari.

Cosette montait, descendait, lavait, brossait,
frottait, balayait, courait, trimait, haletait, remuait
des choses lourdes, et, toute chétive, faisait les
grosses besognes. Nulle pitié ; une maîtresse farouche, un maître venimeux. La gargote Thénardier était comme une toile où Cosette était prise et

tremblait. L'idéal de l'oppression était réalisé par cette domesticité sinistre. C'était quelque chose comme la mouche servante des araignées.

La pauvre enfant, passive, se taisait.

Quand elles se trouvent ainsi, dès l'aube, toutes petites, toutes nues, parmi les hommes, que se passe-t-il dans ces âmes qui viennent de quitter Dieu?

IL FAUT DU VIN AUX HOMMES ET DE L'EAU
AUX CHEVAUX

Il était arrivé quatre nouveaux voyageurs.

Cosette songeait tristement ; car, quoiqu'elle n'eût que huit ans, elle avait déjà tant souffert qu'elle rêvait avec l'air lugubre d'une vieille femme.

Elle avait la paupière noire d'un coup de poing que la Thénardier lui avait donné, ce qui faisait de

temps en temps dire à la Thénardier : — Est-elle
laide avec son pochon sur l'œil !

Cosette pensait donc qu'il était nuit, très nuit,
qu'il avait fallu remplir à l'improviste les pots et
les carafes dans les chambres des voyageurs sur-
venus, et qu'il n'y avait plus d'eau dans la fontaine.

Ce qui la rassurait un peu, c'est qu'on ne buvait
pas beaucoup d'eau dans la maison Thénardier. Il
ne manquait pas là de gens qui avaient soif; mais
c'était de cette soif qui s'adresse plus volontiers
au broc qu'à la cruche. Qui eût demandé un verre
d'eau parmi ces verres de vin eût semblé un sau-
vage à tous ces hommes. Il y eut pourtant un
moment où l'enfant trembla; la Thénardier souleva le couvercle d'une casserole qui bouillait sur
le fourneau, puis saisit un verre et s'approcha
vivement de la fontaine. Elle tourna le robinet,
l'enfant avait levé la tête et suivait tous ses mouvements. Un maigre filet d'eau coula du robinet et
remplit le verre à moitié. — Tiens, dit-elle, il n'y
a plus d'eau ! puis elle eut un moment de silence.
L'enfant ne respirait pas.

— Bah, reprit la Thénardier en examinant le

verre à demi-plein, il y en aura assez comme
cela.

Cosette se remit à son travail, mais pendant plus
d'un quart d'heure elle sentit son cœur sauter
comme un gros flocon dans sa poitrine.

Elle comptait les minutes qui s'écoulaient ainsi,
et eût bien voulu être au lendemain matin.

De temps en temps, un des buveurs regardait
dans la rue et s'exclamait : — Il fait noir comme
dans un four ! — ou : — Il faut être chat pour
aller dans la rue sans lanterne à cette heure-ci !
— Et Cosette tressaillait.

Tout à coup, un des marchands colporteurs logés
dans l'auberge entra, et dit d'une voix dure :

— On n'a pas donné à boire à mon cheval.

— Si fait, vraiment, dit la Thénardier.

— Je vous dis que non, la mère, reprit le marchand.

Cosette était sortie de dessous la table.

— Oh ! si ! monsieur ! dit-elle, le cheval a bu,
il a bu dans le seau, plein le seau, et même que
c'est moi qui lui ai porté à boire, et je lui ai
parlé.

Cela n'était pas vrai. Cosette mentait.

— En voilà une qui est grosse comme le poing et qui ment gros comme la maison, s'écria le marchand. Je te dis qu'il n'a pas bu, petite drôlesse! Il a une manière de souffler quand il n'a pas bu, que je connais bien.

Cosette persista, et ajouta d'une voix enrouée par l'angoisse et qu'on entendait à peine :

— Et même qu'il a bien bu!

— Allons, reprit le marchand avec colère, ce n'est pas tout ça, qu'on donne à boire à mon cheval et que cela finisse!

Cosette rentra sous la table.

— Au fait, c'est juste, dit la Thénardier, si cette bête n'a pas bu, il faut qu'elle boive.

Puis, regardant autour d'elle :

— Eh bien, où est donc cette autre?

Elle se pencha et découvrit Cosette blottie à l'autre bout de la table, presque sous les pieds des buveurs.

— Vas-tu venir? cria la Thénardier.

Cosette sortit de l'espèce de trou où elle s'était cachée. La Thénardier reprit :

— Mademoiselle Chien-faute-de-nom, va porter à boire à ce cheval.

— Mais, madame, dit Cosette faiblement, c'est
qu'il n'y a pas d'eau.

La Thénardier ouvrit toute grande la porte de
la rue :

— Eh bien, va en chercher!

Cosette baissa la tête, et alla prendre un seau
vide qui était au coin de la cheminée.

Ce seau était plus grand qu'elle, et l'enfant
aurait pu s'asseoir dedans et y tenir à l'aise.

La Thénardier se remit à son fourneau, et goûta
avec une cuillère de bois ce qui était dans la casserole, tout en grommelant :

— Il y en a à la source. Ce n'est pas plus ma-
lin que ça. Je crois que j'aurais mieux fait de passer mes oignons.

Puis elle fouilla dans un tiroir où il y avait des
sous, du poivre et des échalotes.

— Tiens, mamselle Crapaud, ajouta-t-elle, en
revenant tu prendras un gros pain chez le boulanger. Voilà une pièce quinze sous.

Cosette avait une petite poche de côté à son tablier ; elle prit la pièce sans dire un mot, et la mit
dans cette poche.

Puis elle resta immobile le seau à la main, la

porte ouverte devant elle. Elle semblait attendre
qu'on vînt à son secours :

— Va donc ! cria la Thénardier.

Cosette sortit. La porte se referma.

IV

ENTRÉE EN SCÈNE D'UNE POUPÉE

La file de boutiques en plein vent qui partait de
l'église se développait, on s'en souvient, jusqu'à
l'auberge Thénardier. Ces boutiques, à cause du
passage prochain des bourgeois a'lant à la messe
de minuit, étaient toutes illuminées de chandelles
brûlant dans des entonnoirs de papier, ce qui,
comme le disait le maître d'école de Montfermeil
attablé en ce moment chez Thénardier, faisait « un

effet magique. » En revanche, on ne voyait pas une étoile au ciel.

La dernière de ces baraques, établie précisément en face de la porte des Thénardier, était une boutique de bimbeloterie, toute reluisante de clinquants, de verroteries et de choses magnifiques en fer-blanc. Au premier rang, et en avant, le marchand avait placé, sur un fond de serviettes blanches, une immense poupée haute de près de deux pieds qui était vêtue d'une robe de crêpe rose avec des épis d'or sur la tête et qui avait de vrais cheveux et des yeux en émail. Tout le jour, cette merveille avait été étalée à l'ébahissement des passants de moins de dix ans, sans qu'il se fût trouvé à Montfermeil une mère assez riche ou assez prodigue pour la donner à son enfant. Éponine et Azelma avaient passé des heures à la contempler, et Cosette elle-même, furtivement, il est vrai, avait osé la regarder.

Au moment où Cosette sortit, son seau à la main, si morne et si accablée qu'elle fût, elle ne put s'empêcher de lever les yeux sur cette prodigieuse poupée, vers *la dame,* comme elle l'appelait. La pauvre enfant s'arrêta pétrifiée. Elle n'avait pas encore vu

cette poupée de près. Toute cette boutique lui semblait un palais; cette poupée n'était pas une poupée, c'était une vision. C'était la joie, la splendeur,
la richesse, le bonheur, qui apparaissaient dans
une sorte de rayonnement chimérique à ce malheureux petit être englouti si profondément dans
une misère funèbre et froide. Cosette mesurait avec
cette sagacité naïve et triste de l'enfance l'abîme
qui la séparait de cette poupée. Elle se disait qu'il
fallait être reine ou au moins princesse pour avoir
une « chose » comme cela. Elle considérait cette
belle robe rose, ces beaux cheveux lisses, et elle
pensait : Comme elle doit être heureuse, cette poupée-là! Ses yeux ne pouvaient se détacher de cette
boutique fantastique. Plus elle regardait, plus elle
s'éblouissait. Elle croyait voir le paradis. Il y avait
d'autres poupées derrière la grande qui lui paraissaient des fées et des génies. Le marchand qui
allait et venait au fond de sa baraque lui faisait un
peu l'effet d'être le Père éternel.

Dans cette adoration, elle oubliait tout, même la
commission dont elle était chargée. Tout à coup,
la voix rude de la Thénardier la rappela à la réalité : — Comment, péronnelle, tu n'es pas partie!

Attends! je vais à toi! Je vous demande un peu ce qu'elle fait là! Petit monstre, va!

La Thénardier avait jeté un coup d'œil dans la rue et aperçu Cosette en extase.

Cosette s'enfuit emportant son seau et faisant les plus grands pas qu'elle pouvait.

V

LA PETITE TOUTE SEULE

Comme l'auberge Thénardier était dans cette partie du village qui est près de l'église, c'était à la source du bois du côté de Chelles que Cosette devait aller puiser de l'eau.

Elle ne regarda plus un seul étalage de marchand. Tant qu'elle fut dans la ruelle du Boulanger et dans les environs de l'église, les boutiques illuminées éclairaient le chemin, mais bientôt la der-

nière lueur de la dernière baraque disparut. La
pauvre enfant se trouva dans l'obscurité. Elle s'y
enfonça. Seulement, comme une certaine émotion
la gagnait, tout en marchant elle agitait le plus
qu'elle pouvait l'anse du seau. Cela faisait un bruit
qui lui tenait compagnie.

Plus elle cheminait, plus les ténèbres devenaient
épaisses. Il n'y avait plus personne dans les rues.
Pourtant, elle rencontra une femme qui se retourna
en la voyant passer, et qui resta immobile, mar-
mottant entre ses lèvres : Mais où peut donc aller
cet enfant? Est-ce que c'est un enfant-garou? Puis
la femme reconnut Cosette. — Tiens, dit-elle,
c'est l'Alouette!

Cosette traversa ainsi le labyrinthe de rues tor-
tueuses et désertes qui termine du côté de Chelles
le village de Montfermeil. Tant qu'elle eut des maisons et même seulement des murs des deux côtés
de son chemin, elle alla assez hardiment. De temps
en temps, elle voyait le rayonnement d'une chandelle à travers la fente d'un volet, c'était de la
lumière et de la vie, il y avait là des gens, cela la
rassurait. Cependant, à mesure qu'elle avançait,
sa marche se ralentissait comme machinalement.

Quand elle eut passé l'angle de la dernière maison,
Cosette s'arrêta. Aller au delà de la dernière boutique avait été difficile; aller plus loin que la dernière maison, cela devenait impossible. Elle posa
le seau à terre, plongea sa main dans ses cheveux
et se mit à se gratter lentement la tête, geste propre
aux enfants terrifiés et indécis. Ce n'était plus
Montfermeil, c'étaient les champs. L'espace noir et
désert était devant elle. Elle regarda avec désespoir
cette obscurité où il n'y avait plus personne, où il
y avait des bêtes, où il y avait peut-être des revenants. Elle regarda bien, et elle entendit les bêtes
qui marchaient dans l'herbe, et elle vit distincte-
ment les revenants qui remuaient dans les arbres.
Alors elle ressaisit le seau, la peur lui donnait de
l'audace : — Bah! dit-elle, je lui dirai qu'il n'y
avait plus d'eau ! — Et elle rentra résolûment dans
Montfermeil.

À peine eut-elle fait cent pas qu'elle s'arrêta
encore, et se remit à se gratter la tête. Maintenant,
c'était la Thénardier qui lui apparaissait; la Thénardier hideuse avec sa bouche d'hyène et la colère
flamboyante dans les yeux. L'enfant jeta un regard
lamentable en avant et en arrière. Que faire? que

devenir? où aller? Devant elle le spectre de la Thénardier; derrière elle tous les fantômes de la nuit
et des bois. Ce fut devant la Thénardier qu'elle
recula. Elle reprit le chemin de la source et se mit
à courir. Elle sortit du village en courant, elle entra
dans le bois en courant, ne regardant plus rien,
n'écoutant plus rien. Elle n'arrêta sa course que
lorsque la respiration lui manqua, mais elle n'interrompit point sa marche. Elle allait devant elle,
éperdue.

Tout en courant elle avait envie de pleurer.

Le frémissement nocturne de la forêt l'envelop-
pait tout entière.

Elle ne pensait plus, elle ne voyait plus. L'immense nuit faisait face à ce petit être. D'un côté,
toute l'ombre; de l'autre, un atome.

Il n'y avait que sept ou huit minutes de la lisière
du bois à la source. Cosette connaissait le chemin
pour l'avoir fait plusieurs fois le jour. Chose étrange,
elle ne se perdit pas. Un reste d'instinct la condui-
sait vaguement. Elle ne jetait cependant les yeux ni
à droite ni à gauche, de crainte de voir des choses
dans les branches et dans les broussailles Elle
arriva ainsi à la source.

C'était une étroite cuve naturelle creusée par l'eau dans un sol glaiseux, profonde d'environ deux pieds, entourée de mousse et de ces grandes herbes gaufrées qu'on appelle collerettes de Henri IV, et pavée de quelques grosses pierres. Un ruisseau s'en échappait avec un petit bruit tranquille.

Cosette ne prit pas le temps de respirer. Il faisait très-noir, mais elle avait l'habitude de venir à cette fontaine. Elle chercha de la main gauche dans l'obscurité un jeune chêne incliné sur la source qui lui servait ordinairement de point d'appui, rencontra une branche, s'y suspendit, se pencha et plongea le seau dans l'eau. Elle était dans un moment si violent que ses forces étaient triplées. Pendant qu'elle était ainsi penchée, elle ne fit pas attention que la poche de son tablier se vidait dans la source. La pièce de quinze sous tomba dans l'eau. Cosette ne la vit ni ne l'entendit tomber. Elle retira le seau presque plein et le posa sur l'herbe.

Cela fait, elle s'aperçut qu'elle était épuisée de lassitude. Elle eût bien voulu repartir tout de suite; mais l'effort de remplir le seau avait été tel qu'il lui fut impossible de faire un pas. Elle fut bien forcéc de s'asseoir. Elle se laissa tomber sur l'herbe et y demeura accroupie.

Elle ferma les yeux, puis elle les rouvrit, sans savoir pourquoi, mais ne pouvant faire autrement. A côté d'elle, l'eau agitée dans le seau faisait des cercles qui ressemblaient à des serpents de feu blanc.

Au-dessus de sa tête, le ciel était couvert de vastes nuages noirs qui étaient comme des pans de fumée. Le tragique masque de l'ombre semblait se pencher vaguement sur cet enfant.

Jupiter se couchait dans les profondeurs.

L'enfant regardait d'un œil égaré cette grosse étoile qu'elle ne connaissait pas et qui lui faisait peur. La planète, en effet, était en ce moment très-près de l'horizon et traversait une épaisse couche de brume qui lui donnait une rougeur horrible. La brume, lugubrement empourprée, élargissait l'astre. On eût dit une plaie lumineuse.

Un vent froid soufflait de la plaine. Le bois était ténébreux, sans aucun froissement de feuilles, sans aucune de ces vagues et fraîches lueurs de l'été. De grands branchages s'y dressaient affreusement. Des buissons chétifs et difformes sifflaient

dans les clairières. Les hautes herbes fourmil-
laient sous la bise comme des anguilles. Les ronces
se tordaient comme de longs bras armés de griffes
cherchant à prendre des proies. Quelques bruyères
sèches, chassées par le vent, passaient rapidement
et avaient l'air de s'enfuir avec épouvante devant
quelque chose qui arrivait. De tous les côtés il y
avait des étendues lugubres.

L'obscurité est vertigineuse. Il faut à l'homme
de la clarté. Quiconque s'enfonce dans le contraire
du jour se sent le cœur serré. Quand l'œil voit
noir, l'esprit voit trouble. Dans l'éclipse, dans la
nuit, dans l'opacité fuligineuse, il y a de l'anxiété,
même pour les plus forts. Nul ne marche seul la
nuit dans la forêt sans tremblement. Ombres et
arbres, deux épaisseurs redoutables. Une réalité
chimérique apparaît dans la profondeur indis-
tincte. L'inconcevable s'ébauche à quelques pas
de vous avec une netteté spectrale. On voit flotter,
dans l'espace ou dans son propre cerveau, on ne
sait quoi de vague et d'insaisissable comme les
rêves des fleurs endormies. Il y a des attitudes farouches sur l'horizon. On aspire les effluves du
grand vide noir. On a peur et envie de regarder

derrière soi. Les cavités de la nuit, les choses devenues hagardes, des profils taciturnes qui se dis-
sipent quand on avance, des échevellements obs-
curs, des touffes irritées, des flaques livides, le
lugubre reflété dans le funèbre, l'immensité sépul-
crale du silence, les êtres inconnus possibles, des
penchements de branches mystérieux, d'effrayants
torses d'arbres, de longues poignées d'herbes fré-
missantes, on est sans défense contre tout cela.
Pas de hardiesse qui ne tressaille et qui ne sente le
voisinage de l'angoisse. On éprouve quelque chose
de hideux comme si l'âme s'amalgamait à l'ombre.
Cette pénétration des ténèbres est inexprimablement sinistre dans un enfant.

Les forêts sont des apocalypses ; et le battement
d'ailes d'une petite âme fait un bruit d'agonie sous
leur voûte monstrueuse.

Sans se rendre compte de ce qu'elle éprouvait,
Cosette se sentait saisir par cette énormité noire
de la nature. Ce n'était plus seulement de la terreur qui la gagnait, c'était quelque chose de plus
terrible même que la terreur. Elle frissonnait.
Les expressions manquent pour dire ce qu'avait
d'étrange ce frisson qui la glaçait jusqu'au fond

du cœur. Son œil était devenu farouche. Elle
croyait sentir qu'elle ne pourrait peut-être pas
s'empêcher de revenir là à la même heure le lendemain.

Alors, par une sorte d'instinct, pour sortir de
cet état singulier qu'elle ne comprenait pas, mais
qui l'effrayait, elle se mit à compter à haute voix
un, deux, trois, quatre, jusqu'à dix, et quand elle
eut fini, elle recommença. Cela lui rendit la perception vraie des choses qui l'entouraient. Elle
sentit le froid à ses mains qu'elle avait mouillées
en puisant de l'eau. Elle se leva. La peur lui était
revenue, une peur naturelle et insurmontable. Elle
n'eut plus qu'une pensée, s'enfuir; s'enfuir à
toutes jambes, à travers bois, à travers champs,
jusqu'aux maisons, jusqu'aux fenêtres, jusqu'aux
chandelles allumées. Son regard tomba sur le seau
qui était devant elle. Tel était l'effroi que lui in-
spirait la Thénardier qu'elle n'osa pas s'enfuir sans
le seau d'eau. Elle saisit l'anse à deux mains. Elle
eut de la peine à soulever le seau.

Elle fit ainsi une douzaine de pas, mais le seau
était plein, il était lourd, elle fut forcée de le reposer à terre. Elle respira un instant, puis elle

enleva l'anse de nouveau, et se remit à marcher,
cette fois un peu plus longtemps. Mais il fallut s'arrêter encore. Après quelques secondes de repos,
elle repartit. Elle marchait penchée en avant, la
tête baissée, comme une vieille; le poids du seau
tendait et roidissait ses bras maigres. L'anse de
fer achevait d'engourdir et de geler ses petites
mains mouillées; de temps en temps elle était
forcée de s'arrêter, et chaque fois qu'elle s'arrêtait,
l'eau froide qui débordait du seau tombait sur ses
jambes nues. Cela se passait au fond d'un bois, la
nuit, en hiver, loin de tout regard humain; c'était
un enfant de huit ans; il n'y avait que Dieu en ce
moment qui voyait cette chose triste.

Et sans doute sa mère, hélas!

Car il est des choses qui font ouvrir les yeux aux
mortes dans leur tombeau.

Elle soufflait avec une sorte de râlement douloureux; des sanglots lui serraient la gorge, mais elle
n'osait pas pleurer, tant elle avait peur de la Thénardier, même loin. C'était son habitude de se
figurer toujours que la Thénardier était là.

Cependant elle ne pouvait pas faire beaucoup de
chemin de la sorte, et elle allait bien lentement.

Elle avait beau diminuer la durée des stations et marcher entre chaque le plus longtemps possible. Elle pensait avec angoisse qu'il lui faudrait plus d'une heure pour retourner ainsi à Montfermeil et que la Thénardier la battrait. Cette angoisse se mêlait à son épouvante d'être seule dans le bois la nuit. Elle était harassée de fatigue et n'était pas encore sortie de la forêt. Parvenue près d'un vieux châtaignier qu'elle connaissait, elle fit une dernière halte plus longue que les autres pour se bien reposer, puis elle rassembla toutes ses forces, reprit le seau et se remit à marcher courageusement. Cependant le pauvre petit être désespéré ne put s'empêcher de s'écrier : O mon Dieu ! mon Dieu !

En ce moment, elle sentit tout à coup que le seau ne pesait plus rien. Une main, qui lui parut énorme, venait de saisir l'anse et la soulevait vigoureusement. Elle leva la tête. Une grande forme noire, droite et debout, marchait auprès d'elle dans l'obscurité. C'était un homme qui était arrivé derrière elle et qu'elle n'avait pas entendu venir. Cet homme, sans dire un mot, avait empoigné l'anse du seau qu'elle portait.

Il y a des instincts pour toutes les rencontres
de la vie.

L'enfant n'eut pas peur.

VI

QUI PEUT-ÊTRE PROUVE L'INTELLIGENCE
DE BOULATRUELLE

Dans l'après-midi de cette même journée de Noël 1823, un homme se promena assez longtemps dans la partie la plus déserte du boulevard de l'Hôpital à Paris. Cet homme avait l'air de quelqu'un qui cherche un logement, et semblait s'arrêter de préférence aux plus modestes maisons de cette lisière délabrée du faubourg Saint-Marceau.

On verra plus loin que cet homme avait en effet
loué une chambre dans ce quartier isolé.

Cet homme, dans son vêtement comme dans
toute sa personne, réalisait le type de ce qu'on
pourrait nommer le mendiant de bonne compagnie,
l'extrême misère combinée avec l'extrême propreté.
C'est là un mélange assez rare qui inspire aux
cœurs intelligents ce double respect qu'on éprouve
pour celui qui est très-pauvre et pour celui qui
est très-digne. Il avait un chapeau rond fort
vieux et fort brossé, une redingote râpée jusqu'à
la corde en gros drap jaune d'ocre, couleur qui
n'avait rien de trop bizarre à cette époque, un
grand gilet à poches de forme séculaire, des cu-
lottes noires devenues grises aux genoux, des bas
de laine noire et d'épais souliers à boucles de
cuivre. On eût dit un ancien précepteur de bonne
maison revenu de l'émigration. A ses cheveux tout
blancs, à son front ridé, à ses lèvres livides, à son
visage où tout respirait l'accablement et la lassitude de la vie, on lui eût supposé beaucoup plus de
soixante ans. A sa démarche ferme, quoique lente,
à la vigueur singulière empreinte dans tous ses
mouvements, on lui en eût donné à peine cin-

quante. Les rides de son front étaient bien placées, et eussent prévenu en sa faveur quelqu'un qui l'eût observé avec attention. Sa lèvre se contractait avec un pli étrange, qui semblait sévère et qui était humble. Il y avait au fond de son regard on ne sait quelle sérénité lugubre. Il portait de la main gauche un petit paquet noué dans un mouchoir; de la droite il s'appuyait sur une espèce de bâton coupé dans une haie. Ce bâton avait été travaillé avec quelque soin, et n'avait pas trop méchant air; on avait tiré parti des nœuds, et on lui avait figuré un pommeau de corail avec de la cire rouge; c'était un gourdin, et cela semblait une canne.

Il y a peu de passants sur ce boulevard, surtout l'hiver. Cet homme, sans affectation pourtant, paraissait les éviter plutôt que les chercher.

A cette époque le roi Louis XVIII allait presque tous les jours à Choisy-le-Roy. C'était une de ses promenades favorites. Vers deux heures, presque invariablement, on voyait la voiture et la cavalcade royale passer ventre à terre sur le boulevard de l'Hôpital.

Cela tenait lieu de montre et d'horloge aux pauvresses du quartier qui disaient : — Il est deux heures, le voilà qui s'en retourne aux Tuileries.

Et les uns accouraient, et les autres se ran-
geaient ; car un roi qui passe, c'est toujours un
tumulte. Du reste l'apparition et la disparition de
Louis XVIII faisaient un certain effet dans les rues
de Paris. Cela était rapide, mais majestueux. Ce
roi impotent avait le goût du grand galop ; ne pouvant marcher, il voulait courir ; ce cul-de-jatte se
fût fait volontiers traîner par l'éclair. Il passait,
pacifique et sévère, au milieu des sabres nus. Sa
berline massive, toute dorée, avec de grosses
branches de lis peintes sur les panneaux, roulait
bruyamment. A peine avait-on le temps d'y jeter un
coup d'œil. On voyait dans l'angle du fond à droite,
sur des coussins capitonnés de satin blanc, une
face large, ferme et vermeille, un front frais poudré
à l'oiseau royal, un œil fier, dur et fin, un sourire
de lettré, deux grosses épaulettes à torsades flottantes sur un habit bourgeois, la Toison d'or, la
croix de Saint-Louis, la croix de la Légion d'honneur, la plaque d'argent du Saint-Esprit, un gros
ventre et un large cordon bleu ; c'était le roi. Hors
de Paris, il tenait son chapeau à plumes blanches
sur ses genoux emmaillottés de hautes guêtres an-

glaises; quand il rentrait dans la ville, il mettait son chapeau sur sa tête, saluant peu. Il regardait froidement le peuple, qui le lui rendait. Quand il parut pour la première fois dans le quartier Saint-Marceau, tout son succès fut ce mot d'un faubourien à son camarade : « C'est ce gros-là qui est le gouvernement. »

Cet infaillible passage du roi à la même heure était donc l'événement quotidien du boulevard de l'Hôpital.

Le promeneur à la redingote jaune n'était évidemment pas du quartier, et probablement pas de Paris, car il ignorait ce détail. Lorsqu'à deux heures la voiture royale, entourée d'un escadron de gardes du corps galonnés d'argent, déboucha sur le boulevard, après avoir tourné la Salpêtrière, il parut surpris et presque effrayé. Il n'y avait que lui dans la contre-allée, il se rangea vivement derrière un angle du mur d'enceinte, ce qui n'empêcha pas M. le duc d'Havré de l'apercevoir. M. le duc d'Havré, comme capitaine des gardes de service ce jour-là, était assis dans la voiture vis-à-vis du roi. Il dit à sa majesté : Voilà un homme d'assez mauvaise mine. Des gens de police, qui éclairaient le passage du roi, le remarquèrent également; l'un d'eux reçut l'ordre de le suivre. Mais l'homme s'enfonça dans les petites rues solitaires du faubourg, et comme le jour commençait à baisser, l'agent perdit sa trace, ainsi que cela est constaté par un rapport adressé le soir même à M. le comte Anglès, ministre d'État, préfet de police.

Quand l'homme à la redingote jaune eut dépisté l'agent, il doubla le pas, non sans s'être retourné bien des fois pour s'assurer qu'il n'était pas suivi. A quatre heures un quart, c'est-à-dire à la nuit close, il passait devant le théâtre de la porte Saint-Martin où l'on donnait ce jour-là *les deux Forçats*. Cette affiche, éclairée par les réverbères du théâtre, le frappa, car, quoiqu'il marchât vite, il s'arrêta pour la lire. Un instant après, il était dans le cul-de-sac de la Planchette, et il entrait au *Plat d'étain,* où était alors le bureau de la voiture de Lagny. Cette voiture partait à quatre heures et demie. Les chevaux étaient attelés, et les voyageurs, appelés par le cocher, escaladaient en hâte le haut escalier de fer du coucou.

L'homme demanda :

— Avez-vous une place ?

— Une seule, à côté de moi, sur le siége, dit le cocher.

— Je la prends.

— Montez.

Cependant, avant de partir, le cocher jeta un coup d'œil sur le costume médiocre du voyageur, sur la petitesse de son paquet, et se fit payer.

— Allez-vous jusqu'à Lagny? demanda le cocher.

— Oui, dit l'homme.

Le voyageur paya jusqu'à Lagny.

On partit. Quand on eut passé la barrière, le cocher essaya de nouer la conversation, mais le voyageur ne répondait que par monosyllabes. Le cocher prit le parti de siffler et de jurer après ses chevaux.

Le cocher s'enveloppa de son manteau. Il faisait froid. L'homme ne paraissait pas y songer. On traversa ainsi Gournay et Neuilly-sur-Marne.

Vers six heures du soir on était à Chelles. Le cocher s'arrêta pour laisser souffler ses chevaux, devant l'auberge à rouliers installée dans les vieux bâtiments de l'abbaye royale.

— Je descends ici. dit l'homme.

Il prit son paquet et son bâton, et sauta à bas de la voiture.

Un instant après, il avait disparu.

Il n'était pas entré dans l'auberge.

Quand, au bout de quelques minutes, la voiture repartit pour Lagny, elle ne le rencontra pas dans la grande rue de Chelles.

Le cocher se tourna vers les voyageurs de l'intérieur.

— Voilà, dit-il, un homme qui n'est pas d'ici, car je ne le connais pas. Il a l'air de n'avoir pas le sou ; cependant, il ne tient pas à l'argent ; il paye pour Lagny, et il ne va que jusqu'à Chelles. Il est nuit, toutes les maisons sont fermées, il n'entre pas à l'auberge, et on ne le retrouve plus. Il s'est donc enfoncé dans la terre.

L'homme ne s'était pas enfoncé dans la terre, mais il avait arpenté en hâte dans l'obscurité la grande rue de Chelles ; puis il avait pris à gauche avant d'arriver à l'église le chemin vicinal qui mène à Montfermeil, comme quelqu'un qui eût connu le pays et qui y fût déjà venu.

Il suivit ce chemin rapidement. A l'endroit où il est coupé par l'ancienne route bordée d'arbres qui

va de Gagny à Lagny, il entendit venir des passants. Il se cacha précipitamment dans un fossé,
et y attendit que les gens qui passaient se fussent
éloignés. La précaution était d'ailleurs presque su-
perflue, car, comme nous l'avons déjà dit, c'était
une nuit de décembre très-noire. On voyait à peine
deux ou trois étoiles au ciel.

C'est à ce point-là que commence la montée de
la colline. L'homme ne rentra pas dans le chemin
de Montfermeil ; il prit à droite, à travers champs,
et gagna à grands pas le bois.

Quand il fut dans le bois, il ralentit sa marche,
et se mit à regarder soigneusement tous les arbres,
avançant pas à pas, comme s'il cherchait et suivait une route mystérieuse connue de lui seul. Il
y eut un moment où il parut se perdre et où il
s'arrêta indécis. Enfin il arriva, de tâtonnements
en tâtonnements, à une clairière où il y avait un
monceau de grosses pierres blanchâtres. Il se dirigea vivement vers ces pierres et les examina avec
attention à travers la brume de la nuit, comme s'il
les passait en revue. Un gros arbre, couvert de
ces excroissances qui sont les verrues de la végéta-
tion, était à quelques pas du tas de pierres. Il alla

à cet arbre, et promena sa main sur l'écorce du tronc, comme s'il cherchait à reconnaître et à compter toutes les verrues.

Vis-à-vis de cet arbre, qui était un frêne, il y avait un châtaignier malade d'une décortication, auquel on avait mis pour pansement une bande de zinc clouée. Il se haussa sur la pointe des pieds et toucha cette bande de zinc.

Puis il piétina pendant quelque temps sur le sol dans l'espace compris entre l'arbre et les pierres, comme quelqu'un qui s'assure que la terre n'a pas été fraîchement remuée.

Cela fait, il s'orienta et reprit sa marche à travers le bois.

C'était cet homme qui venait de rencontrer Cosette.

En cheminant par le taillis dans la direction de Montfermeil, il avait aperçu cette petite ombre qui se mouvait avec un gémissement, qui déposait un fardeau à terre, puis le reprenait, et se remettait à marcher. Il s'était approché et avait reconnu que c'était un tout jeune enfant chargé d'un énorme seau d'eau. Alors, il était allé à l'enfant, et avait pris silencieusement l'anse du seau.

VII

COSETTE COTE A COTE DANS L'OMBRE AVEC L'INCONNU

Cosette, nous l'avons dit, n'avait pas eu peur.

L'homme lui adressa la parole. Il parlait d'une voix grave et presque basse.

— Mon enfant, c'est bien lourd pour vous ce que vous portez là.

Cosette leva la tête et répondit :

— Oui, monsieur.

— Donnez, reprit l'homme, je vais vous le porter.

Cosette lâcha le seau. L'homme se mit à cheminer près d'elle.

— C'est très-lourd, en effet, dit-il entre ses dents. Puis il ajouta :

— Petite, quel âge as-tu?

— Huit ans, monsieur.

— Et viens-tu de loin comme cela?

— De la source qui est dans le bois.

— Et est-ce loin où tu vas?

— A un bon quart d'heure d'ici.

L'homme resta un moment sans parler, puis il dit brusquement :

— Tu n'as donc pas de mère?

— Je ne sais pas, répondit l'enfant.

Avant que l'homme eût eu le temps de reprendre la parole, elle ajouta :

— Je ne crois pas. Les autres en ont. Moi, je n'en ai pas.

Et après un silence, elle reprit :

— Je crois que je n'en ai jamais eu.

L'homme s'arrêta, il posa le seau à terre, se pencha et mit ses deux mains sur les deux épaules de l'enfant, faisant effort pour la regarder et voir son visage dans l'obscurité.

La figure maigre et chétive de Cosette se dessinait vaguement à la lueur livide du ciel.

— Comment t'appelles-tu? dit l'homme.

— Cosette.

L'homme eut comme une secousse électrique. Il la regarda encore, puis il ôta ses mains de dessus les épaules de Cosette, saisit le seau, et se remit à marcher.

Au bout d'un instant, il demanda :

— Petite, où demeures-tu?

— A Montfermeil, si vous connaissez.

— C'est là que nous allons?

— Oui, monsieur.

Il fit encore une pause, puis il recommença :

— Qui est-ce donc qui t'a envoyée à cette heure chercher de l'eau dans le bois?

— C'est madame Thénardier.

L'homme repartit d'un son de voix qu'il voulait s'efforcer de rendre indifférent, mais où il y avait pourtant un tremblement singulier :

— Qu'est-ce qu'elle fait. ta madame Thénardier?

— C'est ma bourgeoise, dit l'enfant. Elle tient l'auberge.

— L'auberge? dit l'homme. Eh bien, je vais aller y loger cette nuit. Conduis-moi.

— Nous y allons, dit l'enfant.

L'homme marchait assez vite. Cosette le suivait sans peine. Elle ne sentait plus la fatigue. De temps en temps, elle levait les yeux vers cet homme avec une sorte de tranquillité et d'abandon inexprimable. Jamais on ne lui avait appris à se tourner vers la Providence et à prier. Cependant elle sentait en elle quelque chose qui ressemblait à de l'espérance et à de la joie et qui s'en allait vers le ciel.

Quelques minutes s'écoulèrent. L'homme reprit :

— Est-ce qu'il n'y a pas de servante chez madame Thénardier?

— Non, monsieur.

— Est-ce que tu es seule?

— Oui, monsieur.

Il y eut encore une interruption. Cosette éleva la voix :

— C'est-à-dire il y a deux petites filles.

— Quelles petites filles?

— Ponine et Zelma.

L'enfant simplifiait de la sorte les noms romanesques chers à la Thénardier.

— Qu'est-ce que c'est que Ponine et Zelma?

— Ce sont les demoiselles de madame Thénardier, comme qui dirait ses filles.

— Et que font-elles, celles-là?

— Oh ! dit l'enfant, elles ont de belles poupées, des choses où il y a de l'or, tout plein d'affaires. Elles jouent, elles s'amusent.

— Toute la journée?

— Oui, monsieur.

— Et toi?

— Moi, je travaille.

— Toute la journée?

L'enfant leva ses grands yeux où il y avait une larme, qu'on ne voyait pas à cause de la nuit, et répondit doucement :

— Oui, monsieur.

Elle poursuivit après un intervalle de silence :

— Des fois, quand j'ai fini l'ouvrage et qu'on veut bien, je m'amuse aussi.

— Comment t'amuses-tu?

— Comme je peux. On me laisse. Mais je n'ai

pas beaucoup de joujoux. Ponine et Zelma ne
veulent pas que je joue avec leurs poupées. Je
n'ai qu'un petit sabre en plomb, pas plus long
que ça.

L'enfant montrait son petit doigt.

— Et qui ne coupe pas?

— Si, monsieur, dit l'enfant, ça coupe la salade
et les têtes de mouches.

Ils atteignirent le village; Cosette guida l'étranger dans les rues. Ils passèrent devant la boulan-
gerie, mais Cosette ne songea pas au pain qu'elle
devait rapporter. L'homme avait cessé de lui faire
des questions et gardait maintenant un silence
morne. Quand ils eurent laissé l'église derrière
eux, l'homme, voyant toutes ces boutiques en plein
vent, demanda à Cosette :

— C'est donc la foire ici?

— Non, monsieur, c'est Noël.

Comme ils approchaient de l'auberge, Cosette
lui toucha le bras timidement :

— Monsieur?

— Quoi, mon enfant?

— Nous voilà tout près de la maison.

— Eh bien?

— Voulez-vous me laisser reprendre le seau à présent?

— Pourquoi?

— C'est que, si madame voit qu'on me l'a porté, elle me battra.

L'homme lui remit le seau. Un instant après ils étaient à la porte de la gargote.

VIII

DÉSAGRÉMENT DE RECEVOIR CHEZ SOI UN PAUVRE
QUI EST PEUT-ÊTRE UN RICHE

Cosette ne put s'empêcher de jeter un regard de
côté à la grande poupée toujours étalée chez le
bimbelotier, puis elle frappa. La porte s'ouvrit. La
Thénardier parut une chandelle à la main.

— Ah! c'est toi, petite gueuse! Dieu merci,
tu y as mis le temps! elle se sera amusée, la drôlesse!

— Madame, dit Cosette toute tremblante, voilà un monsieur qui vient loger.

La Thénardier remplaça bien vite sa mine bourrue par sa grimace aimable, changement à vue propre aux aubergistes, et chercha avidement des yeux le nouveau venu.

— C'est monsieur? dit-elle.

— Oui, madame, répondit l'homme en portant la main à son chapeau.

Les voyageurs riches ne sont pas si polis. Ce geste et l'inspection du costume et du bagage de l'étranger que la Thénardier passa en revue d'un coup d'œil firent évanouir la grimace aimable et reparaître la mine bourrue. Elle reprit sèchement :

— Entrez, bonhomme.

Le « bonhomme » entra. La Thénardier lui jeta un second coup d'œil, examina particulièrement sa redingote qui était absolument râpée et son chapeau qui était un peu défoncé, et consulta d'un hochement de tête, d'un froncement de nez et d'un clignement d'yeux, son mari, lequel buvait toujours avec les rouliers. Le mari répondit par cette imperceptible agitation de l'index qui, appuyée du

gonflement des lèvres, signifie en pareil cas : dé-
bine complète. Sur ce, la Thénardier s'écria :

— Ah çà, brave homme, je suis bien fâchée,
mais c'est que je n'ai plus de place.

— Mettez-moi où vous voudrez, dit l'homme,
au grenier, à l'écurie. Je payerai comme si j'avais
une chambre.

— Quarante sous.

— Quarante sous. Soit.

— A la bonne heure.

— Quarante sous ! dit un roulier bas à la Thénardier, mais ce n'est que vingt sous.

— C'est quarante sous pour lui, répliqua la
Thénardier du même ton. Je ne loge pas des pauvres à moins.

— C'est vrai, ajouta le mari avec douceur, ça
gâte une maison d'y avoir de ce monde-là.

Cependant l'homme, après avoir laissé sur un
banc son paquet et son bâton, s'était assis à une
table où Cosette s'était empressée de poser une
bouteille de vin et un verre. Le marchand qui avait
demandé le seau d'eau était allé lui-même le
porter à son cheval. Cosette avait repris sa place
sous la table de cuisine et son tricot.

L'homme, qui avait à peine trempé ses lèvres dans le verre de vin qu'il s'était versé, considérait l'enfant avec une attention étrange.

Cosette était laide. Heureuse, elle eût peut-être été jolie. Nous avons déjà esquissé cette petite figure sombre. Cosette était maigre et blême; elle avait près de huit ans, on lui en eût donné à peine six. Ses grands yeux enfoncés dans une sorte d'ombre étaient presque éteints à force d'avoir pleuré. Les coins de sa bouche avaient cette courbe de l'angoisse habituelle, qu'on observe chez les condamnés et chez les malades désespérés. Ses mains étaient, comme sa mère l'avait deviné. « perdues d'engelures. » Le feu qui l'éclairait en ce moment faisait saillir les angles de ses os et rendait sa maigreur affreusement visible. Comme elle grelottait toujours, elle avait pris l'habitude de serrer ses deux genoux l'un contre l'autre. Tout son vêtement n'était qu'un haillon qui eût fait pitié l'été et qui faisait horreur l'hiver. Elle n'avait sur elle que de la toile trouée ; pas un chiffon de laine. On voyait sa peau çà et là, et l'on y distinguait partout des taches bleues ou noires qui indiquaient les endroits où la Thénardier l'avait touchée. Ses jambes nues étaient rouges et grêles. Le creux de ses clavicules était à faire pleurer. Toute la personne de cette enfant, son allure, son attitude, le son de sa voix, ses intervalles entre un mot et l'autre, son regard, son silence, son moindre geste, exprimaient et traduisaient une seule idée : la crainte.

La crainte était répandue sur elle ; elle en était pour ainsi dire couverte ; la crainte ramenait ses coudes contre ses hanches, retirait ses talons sous ses jupes, lui faisait tenir le moins de place possible, ne lui laissait de souffle que le nécessaire, et était devenue ce qu'on pourrait appeler son habitude de corps, sans variation possible que d'augmenter. Il y avait au fond de sa prunelle un coin étonné où était la terreur.

Cette crainte était telle qu'en arrivant, toute mouillée comme elle était, Cosette n'avait pas osé s'aller sécher au feu et s'était remise silencieusement à son travail.

L'expression du regard de cette enfant de huit ans était habituellement si morne et parfois si tragique qu'il semblait, à de certains moments, qu'elle fût en train de devenir une idiote ou un démon.

Jamais, nous l'avons dit, elle n'avait su ce que c'est que prier, jamais elle n'avait mis le pied dans une église. Est-ce que j'ai le temps ? disait la Thénardier.

L'homme à la redingote jaune ne quittait pas Cosette des yeux.

Tout à coup la Thénardier s'écria :

— A propos ! et ce pain ?

Cosette, selon sa coutume toutes les fois que la Thénardier élevait la voix, sortit bien vite de dessous la table.

Elle avait complétement oublié ce pain. Elle eut recours à l'expédient des enfants toujours effrayés. Elle mentit.

— Madame, le boulanger était fermé.

— Il fallait cogner.

— J'ai cogné, madame.

— Eh bien ?

— Il n'a pas ouvert.

— Je saurai demain si c'est vrai, dit la Thénardier, et si tu mens tu auras une fière danse. En attendant, rends-moi la pièce quinze sous.

Cosette plongea sa main dans la poche de son tablier et devint verte. La pièce de quinze sous n'y était plus.

— Ah çà ! dit la Thénardier, m'as-tu entendue ?

Cosette retourna la poche ; il n'y avait rien. Qu'est-ce que cet argent pouvait être devenu ? La malheureuse petite ne trouva pas une parole. Elle était pétrifiée.

— Est-ce que tu l'as perdue, la pièce quinze sous ? râla la Thénardier, ou bien est-ce que tu veux me la voler ?

En même temps elle allongea le bras vers le martinet suspendu à l'angle de la cheminée.

Ce geste redoutable rendit à Cosette la force de crier :

— Grâce ! madame ! madame ! je ne le ferai plus.

La Thénardier détacha le martinet.

Cependant l'homme à la redingote jaune avait fouillé dans le gousset de son gilet, sans qu'on eût remarqué ce mouvement. D'ailleurs les autres voyageurs buvaient ou jouaient aux cartes et ne faisaient attention à rien.

Cosette se pelotonnait avec angoisse dans l'angle de la cheminée, tâchant de ramasser et de dérober ses pauvres membres demi-nus. La Thénardier leva le bras.

— Pardon, madame, dit l'homme, mais tout à l'heure j'ai vu quelque chose qui est tombé de la poche du tablier de cette petite et qui a roulé. C'est peut-être cela.

En même temps il se baissa et parut chercher à terre un instant.

— Justement, voici, reprit-il en se relevant.

Et il tendit une pièce d'argent à la Thénardier.

— Oui, c'est cela, dit-elle.

Ce n'était pas cela, car c'était une pièce de vingt sous, mais la Thénardier y trouvait du bénéfice. Elle mit la pièce dans sa poche, et se borna à jeter un regard farouche à l'enfant en disant :

— Que cela ne t'arrive plus, toujours !

Cosette rentra dans ce que la Thénardier appelait « sa niche, » et son grand œil, fixé sur le voyageur inconnu, commença à prendre une expression qu'il n'avait jamais eue. Ce n'était encore qu'un naïf étonnement, mais une sorte de confiance stupéfaite s'y mêlait.

— A propos, voulez-vous souper ? demanda la Thénardier au voyageur.

Il ne répondit pas. Il semblait songer profondément.

— Qu'est-ce que c'est que cet homme-là? dit-elle entre ses dents. C'est quelque affreux pauvre. Cela n'a pas le sou pour souper. Me payera-t-il mon logement seulement? Il est bien heureux tout de même qu'il n'ait pas eu l'idée de voler l'argent qui était à terre.

Cependant une porte s'était ouverte et Éponine et Azelma étaient entrées.

C'étaient vraiment deux jolies petites filles, plutôt bourgeoises que paysannes, très-charmantes, l'une avec ses tresses châtaines bien lustrées, l'autre avec ses longues nattes noires tombant derrière le dos, toutes deux vives, propres, grasses, fraîches et saines à réjouir le regard. Elles étaient chaudement vêtues, mais avec un tel art maternel, que l'épaisseur des étoffes n'ôtait rien à la coquetterie de l'ajustement. L'hiver était prévu sans que le printemps fût effacé. Ces deux petites dégageaient de la lumière. En outre, elles étaient régnantes. Dans leur toilette, dans leur gaieté, dans le bruit qu'elles faisaient, il y avait de la souveraineté. Quand elles entrèrent, la Thénardier leur dit d'un ton grondeur, qui était plein d'adoration : — Ah! vous voilà donc, vous autres !

Puis, les attirant dans ses genoux l'une après l'autre, lissant leurs cheveux, renouant leurs rubans, et les lâchant ensuite avec cette douce façon de secouer qui est propre aux mères, elle s'écria :
— Sont-elles fagotées !

Elles vinrent s'asseoir au coin du feu. Elles avaient une poupée qu'elles tournaient et retournaient sur leurs genoux avec toutes sortes de gazouillements joyeux. De temps en temps, Cosette levait les yeux de son tricot, et les regardait jouer d'un air lugubre.

Éponine et Azelma ne regardaient pas Cosette. C'était pour elles comme le chien. Ces trois petites filles n'avaient pas vingt-quatre ans à elles trois, et elles représentaient déjà toute la société des hommes ; d'un côté l'envie, de l'autre le dédain.

La poupée des sœurs Thénardier était très-fanée et très-vieille et toute cassée, mais elle n'en paraissait pas moins admirable à Cosette, qui de sa vie n'avait eu une poupée, *une vraie poupée*, pour nous servir d'une expression que tous les enfants comprendront.

Tout à coup, la Thénardier, qui continuait d'aller et de venir dans la salle, s'aperçut que Cosette avait des distractions et qu'au lieu de travailler elle s'occupait des petites qui jouaient.

— Ah! je t'y prends! cria-t-elle. C'est comme cela que tu travailles ! Je vais te faire travailler à coups de martinet, moi.

L'étranger, sans quitter sa chaise, se tourna vers la Thénardier.

— Madame, dit-il en souriant d'un air presque craintif, bah! laissez-la jouer !

De la part de tout voyageur qui eût mangé une tranche de gigot et bu deux bouteilles de vin à son souper et qui n'eût pas eu l'air d'*un affreux pauvre,* un pareil souhait eût été un ordre. Mais qu'un homme qui avait ce chapeau se permît d'avoir un désir et qu'un homme qui avait cette redingote se permît d'avoir une volonté, c'est ce que la Thénardier ne crut pas devoir tolérer. Elle repartit aigrement :

— Il faut qu'elle travaille, puisqu'elle mange. Je ne la nourris pas à rien faire.

— Qu'est-ce qu'elle fait donc? reprit l'étranger de cette voix douce qui contrastait si étrangement avec ses habits de mendiant et ses épaules de portefaix.

La Thénardier daigna répondre :

— Des bas, s'il vous plaît. Des bas pour mes petites filles qui n'en ont pas, autant dire, et qui vont tout à l'heure pieds nus.

L'homme regarda les pauvres pieds rouges de Cosette, et continua :

— Quand aura-t-elle fini cette paire de bas?

— Elle en a encore au moins pour trois ou quatre grands jours, la paresseuse.

— Et combien peut valoir cette paire de bas, quand elle sera faite?

La Thénardier lui jeta un coup d'œil méprisant.

— Au moins trente sous.

— La donneriez-vous pour cinq francs? reprit l'homme.

— Pardieu! s'écria avec un gros rire un roulier qui écoutait, cinq francs? Je crois fichtre bien! cinq balles !

Le Thénardier crut devoir prendre la parole.

— Oui, monsieur, si c'est votre fantaisie, on vous donnera cette paire de bas pour cinq francs. Nous ne savons rien refuser aux voyageurs.

— Il faudrait payer tout de suite, dit la Thénardier avec sa façon brève et péremptoire.

— J'achète cette paire de bas, répondit l'homme.
et, ajouta-t-il en tirant de sa poche une pièce de
cinq francs qu'il posa sur la table, — je la paye.

Puis il se tourna vers Cosette.

— Maintenant ton travail est à moi. Joue. mon
enfant.

Le roulier fut si ému de la pièce de cinq francs.
qu'il laissa là son verre et accourut.

— C'est pourtant vrai ! cria-t-il en l'examinant.
Une vraie roue de derrière ! et pas fausse !

Le Thénardier approcha et mit silencieusement
la pièce dans son gousset.

La Thénardier n'avait rien à répliquer. Elle se
mordit les lèvres, et son visage prit une expression
de haine.

Cependant Cosette tremblait. Elle se risqua à
demander :

— Madame, est-ce que c'est vrai? est-ce que
je peux jouer?

— Joue ! dit la Thénardier d'une voix terrible.

— Merci, madame, dit Cosette.

Et, pendant que sa bouche remerciait la Thénardier, toute sa petite âme remerciait le voyageur.

Le Thénardier s'était remis à boire. Sa femme lui dit à l'oreille :

— Qu'est-ce que ça peut être que cet homme jaune?

— J'ai vu, répondit souverainement Thénardier, des millionnaires qui avaient des redingotes comme cela.

Cosette avait laissé là son tricot, mais elle n'était pas sortie de sa place. Cosette bougeait toujours le moins possible. Elle avait pris dans une boîte derrière elle quelques vieux chiffons et son petit sabre de plomb.

Éponine et Azelma ne faisaient aucune attention à ce qui se passait. Elles venaient d'exécuter une opération fort importante; elles s'étaient emparées du chat. Elles avaient jeté la poupée à terre, et Éponine, qui était l'aînée, emmaillottait le petit chat, malgré ses miaulements et ses contorsions, avec une foule de nippes et de guenilles rouges et bleues. Tout en faisant ce grave et difficile travail, elle disait à sa sœur dans ce doux et adorable langage des enfants dont la grâce, pareille à la splendeur de l'aile des papillons, s'en va quand on veut la fixer :

— Vois-tu, ma sœur, cette poupée-là est plus amusante que l'autre. Elle remue, elle crie, elle est chaude. Vois-tu, ma sœur, jouons avec. Ce serait ma petite fille. Je serais une dame. Je viendrais te voir et tu la regarderais. Peu à peu tu verrais ses moustaches, et cela t'étonnerait. Et puis tu verrais ses oreilles, et puis tu verrais sa queue, et cela t'étonnerait. Et tu me dirais : Ah! mon Dieu! et je te dirais : Oui, madame, c'est une petite fille que j'ai comme ça. Les petites filles sont comme ça à présent.

Azelma écoutait Éponine avec admiration.

Cependant, les buveurs s'étaient mis à chanter une chanson obscène dont ils riaient à faire trembler le plafond. Le Thénardier les encourageait et les accompagnait.

Comme les oiseaux font un nid avec tout, les enfants font une poupée avec n'importe quoi. Pendant qu'Éponine et Azelma emmaillottaient le chat, Cosette de son côté avait emmailloté le sabre. Cela fait, elle l'avait couché sur ses bras, et elle chantait doucement pour l'endormir.

La poupée est un des plus impérieux besoins et en même temps un des plus charmants instincts de l'enfance féminine. Soigner, vêtir, parer, habiller, déshabiller, rhabiller, enseigner, un peu gronder, bercer, dorloter, endormir, se figurer que quelque chose est quelqu'un, tout l'avenir de la femme est là. Tout en rêvant et tout en jasant, tout en faisant de petits trousseaux et de petites layettes, tout en cousant de petites robes, de petits corsages et de petites brassières, l'enfant devient jeune fille, la jeune fille devient grande fille, la grande fille devient femme. Le premier enfant continue la dernière poupée.

Une petite fille sans poupée est à peu près aussi malheureuse et tout à fait aussi impossible qu'une femme sans enfants.

Cosette s'était donc fait une poupée avec le sabre.

La Thénardier, elle, s'était rapprochée de l'*homme jaune*. — Mon mari a raison, pensait-elle, c'est peut-être monsieur Laffitte. Il y a des riches si farces!

Elle vint s'accouder à sa table.

— Monsieur, dit-elle...

A ce mot *monsieur*, l'homme se retourna. La Thénardier ne l'avait encore appelé que *brave homme* ou *bonhomme*.

— Voyez-vous, monsieur, poursuivit-elle en prenant son air douceâtre qui était encore plus fâcheux à voir que son air féroce, je veux bien que l'enfant joue, je ne m'y oppose pas, mais c'est bon pour une fois, parce que vous êtes généreux. Voyez-vous, cela n'a rien. Il faut que cela travaille.

— Elle n'est donc pas à vous, cette enfant? demanda l'homme.

— Oh, mon Dieu, non, monsieur! c'est une petite pauvre que nous avons recueillie comme cela, par charité. Une espèce d'enfant imbécile. Elle doit avoir de l'eau dans la tête. Elle a la tête grosse, comme vous voyez. Nous faisons pour elle ce que nous pouvons, car nous ne sommes pas riches. Nous avons beau écrire à son pays, voilà six mois qu'on ne nous répond plus. Il faut croire que sa mère est morte.

— Ah! dit l'homme, et il retomba dans sa rêverie.

— C'était une pas grand'chose que cette mère, ajouta la Thénardier. Elle abandonnait son enfant.

Pendant toute cette conversation, Cosette, comme

si un instinct l'eût avertie qu'on parlait d'elle, n'avait pas quitté des yeux la Thénardier. Elle écoutait vaguement. Elle entendait çà et là quelques mots.

Cependant les buveurs, tous ivres aux trois quarts, répétaient leur refrain immonde avec un redoublement de gaieté. C'était une gaillardise de haut goût où étaient mêlés la Vierge et l'enfant Jésus. La Thénardier était allée prendre sa part des éclats de rire. Cosette, sous la table, regardait le feu qui se réverbérait dans son œil fixe; elle s'était remise à bercer l'espèce de maillot qu'elle avait fait. et tout en le berçant, elle chantait à voix basse : Ma mère est morte! ma mère est morte! ma mère est morte!

Sur de nouvelles insistances de l'hôtesse, l'homme jaune. « le millionnaire, » consentit enfin à souper.

— Que veut monsieur?

— Du pain et du fromage, dit l'homme.

— Décidément, c'est un gueux, pensa la Thénardier.

Les ivrognes chantaient toujours leur chanson, et l'enfant, sous la table, chantait aussi la sienne.

Tout à coup Cosette s'interrompit. Elle venait

de se retourner et d'apercevoir la poupée des petites Thénardier qu'elles avaient quittée pour le
chat et laissée à terre à quelques pas de la table
de cuisine.

Alors elle laissa tomber le sabre emmaillotté qui
ne lui suffisait qu'à demi, puis elle promena lentement ses yeux autour de la salle. La Thénardier
parlait bas à son mari, et comptait de la monnaie,
Ponine et Zelma jouaient avec le chat, les voyageurs
mangeaient ou buvaient, ou chantaient, aucun regard n'était fixé sur elle. Elle n'avait pas un moment à perdre. Elle sortit de dessous la table en
rampant sur les genoux et sur les mains, s'assura
encore une fois qu'on ne la guettait pas, puis se
glissa vivement jusqu'à la poupée, et la saisit. Un
instant après elle était à sa place, assise, immobile, tournée seulement de manière à faire de
l'ombre sur la poupée qu'elle tenait dans ses bras.
Ce bonheur de jouer avec une poupée était telle-
ment rare pour elle qu'il avait toute la violence
d'une volupté.

Personne ne l'avait vue, excepté le voyageur qui
mangeait lentement son maigre souper.

Cette joie dura près d'un quart d'heure.

Mais quelque précaution que prît Cosette, elle ne s'apercevait pas qu'un des pieds de la poupée — *passait,* — et que le feu de la cheminée l'éclairait très-vivement. Ce pied rose et lumineux qui sortait de l'ombre frappa subitement le regard d'Azelma qui dit à Éponine : — Tiens! ma sœur!

Les deux petites filles s'arrêtèrent, stupéfaites. Cosette avait osé prendre la poupée !

Éponine se leva, et sans lâcher le chat, alla vers sa mère et se mit à la tirer par sa jupe.

— Mais laisse-moi donc ! dit la mère. Qu'est-ce que tu me veux ?

— Mère, dit l'enfant, regarde donc !

Et elle désignait du doigt Cosette.

Cosette, elle, tout entière aux extases de la possession, ne voyait et n'entendait plus rien.

Le visage de la Thénardier prit cette expression particulière qui se compose du terrible mêlé aux riens de la vie et qui a fait nommer ces sortes de femmes : mégères.

Cette fois, l'orgueil blessé exaspérait encore sa colère. Cosette avait franchi tous les intervalles, Cosette avait attenté à la poupée de « ces demoiselles. » Une czarine qui verrait un moujick es-

sayer le grand cordon bleu de son impérial fils
n'aurait pas une autre figure.

Elle cria d'une voix que l'indignation enrouait :

— Cosette !

Cosette tressaillit comme si la terre eût tremblé
sous elle. Elle se retourna.

— Cosette ! répéta la Thénardier.

Cosette prit la poupée et la posa doucement à
terre avec une sorte de vénération mêlée de désespoir. Alors, sans la quitter des yeux, elle joignit
les mains, et, ce qui est effrayant à dire dans un
enfant de cet âge, elle se les tordit ; puis, ce que
n'avait pu lui arracher aucune des émotions de la
journée, ni la course dans le bois, ni la pesanteur
du seau d'eau, ni la perte de l'argent, ni la vue du
martinet, ni même la sombre parole qu'elle avait
entendu dire à la Thénardier, — elle pleura. Elle
éclata en sanglots.

Cependant le voyageur s'était levé.

— Qu'est-ce donc ? dit-il à la Thénardier.

— Vous ne voyez pas ? dit la Thénardier en
montrant du doigt le corps du délit qui gisait aux
pieds de Cosette.

— Hé bien, quoi ? reprit l'homme.

— Cette gueuse, répondit la Thénardier, s'est permis de toucher à la poupée des enfants !

— Tout ce bruit pour cela ! dit l'homme. Eh bien, quand elle jouerait avec cette poupée ?

— Elle y a touché avec ses mains sales ! poursuivit la Thénardier, avec ses affreuses mains !

Ici Cosette redoubla ses sanglots.

— Te tairas-tu ! cria la Thénardier.

L'homme alla droit à la porte de la rue, l'ouvrit et sortit.

Dès qu'il fut sorti, la Thénardier profita de son absence pour allonger sous la table à Cosette un grand coup de pied qui fit jeter à l'enfant les hauts cris.

La porte se rouvrit, l'homme reparut, il portait dans ses deux mains la poupée fabuleuse dont nous avons parlé et que tous les marmots du village contemplaient depuis le matin, et il la posa debout devant Cosette en disant :

— Tiens, c'est pour toi.

Il faut croire que, depuis plus d'une heure qu'il était là, au milieu de sa rêverie, il avait confusément remarqué cette boutique de bimbeloterie éclairée de lampions et de chandelles, si splendide-

ment qu'on l'apercevait à travers la vitre du cabaret comme une illumination.

Cosette leva les yeux, elle avait vu venir l'homme
à elle avec cette poupée comme elle eût vu venir
le soleil, elle entendit ces paroles inouïes : *c'est
pour toi,* elle le regarda, elle regarda la poupée,
puis elle recula lentement, et s'alla cacher tout au
fond sous la table dans le coin du mur.

Elle ne pleurait plus, elle ne criait plus, elle
avait l'air de ne plus oser respirer.

La Thénardier, Éponine, Azelma étaient autant
de statues. Les buveurs eux-mêmes s'étaient arrêtés. Il s'était fait un silence solennel dans tout le
cabaret.

La Thénardier, pétrifiée et muette, recommen-
çait ses conjectures : — Qu'est-ce que c'est que ce
vieux? est-ce un pauvre? est-ce un millionnaire?
C'est peut-être les deux, c'est-à-dire un voleur.

La face du mari Thénardier offrit cette ride
expressive qui accentue la figure humaine chaque
fois que l'instinct dominant y apparaît avec toute
sa puissance bestiale. Le gargotier considérait tour
à tour la poupée et le voyageur: il semblait flairer
cet homme comme il eût flairé un sac d'argent.

Cela ne dura que le temps d'un éclair. Il s'approcha de sa femme et lui dit bas :

— Cette machine coûte au moins trente francs. Pas de bêtises. A plat ventre devant l'homme !

Les natures grossières ont cela de commun avec les natures naïves qu'elles n'ont pas de transitions.

— Eh bien, Cosette, dit la Thénardier d'une voix qui voulait être douce et qui était toute composée de ce miel aigre des méchantes femmes, est-ce que tu ne prends pas ta poupée?

Cosette se hasarda à sortir de son trou.

— Ma petite Cosette, reprit le Thénardier d'un air caressant, monsieur te donne une poupée. Prends-la. Elle est à toi.

Cosette considérait la poupée merveilleuse avec une sorte de terreur. Son visage était encore inondé de larmes, mais ses yeux commençaient à s'emplir, comme le ciel au crépuscule du matin, des rayonnements étranges de la joie. Ce qu'elle éprouvait en ce moment-là était un peu pareil à ce qu'elle eût ressenti, si on lui eût dit brusquement : Petite, vous êtes la reine de France.

Il lui semblait que si elle touchait à cette poupée, le tonnerre en sortirait.

Ce qui était vrai jusqu'à un certain point, car elle se disait que la Thénardier gronderait, et la battrait.

Pourtant, l'attraction l'emporta. Elle finit par s'approcher et murmura timidement en se tournant vers la Thénardier :

— Est-ce que je peux, madame?

Aucune expression ne saurait rendre cet air à la fois désespéré, épouvanté et ravi.

— Pardi! fit la Thénardier, c'est à toi. Puisque monsieur te la donne.

— Vrai, monsieur? reprit Cosette, est-ce que c'est vrai? c'est à moi, la dame?

L'étranger paraissait avoir les yeux pleins de larmes. Il semblait être à ce point d'émotion où l'on ne parle pas pour ne pas pleurer. Il fit un signe de tête à Cosette, et mit la main de « la dame » dans sa petite main.

Cosette retira vivement sa main, comme si celle de *la dame* la brûlait, et se mit à regarder le pavé. Nous sommes forcé d'ajouter qu'en cet instant-là elle tirait la langue d'une façon démesurée. Tout à coup, elle se retourna et saisit la poupée avec emportement.

— Je l'appellerai Catherine, dit-elle.

Ce fut un moment bizarre que celui où les haillons de Cosette rencontrèrent et étreignirent les
rubans et les fraîches mousselines roses de la
poupée.

— Madame, reprit-elle, est-ce que je peux la
mettre sur une chaise?

— Oui, mon enfant, répondit la Thénardier.

Maintenant c'était Éponine et Azelma qui regardaient Cosette avec envie.

Cosette posa Catherine sur une chaise, puis
s'assit à terre devant elle, et demeura immobile,
sáns dire un mot, dans l'attitude de la contem-
plation.

— Joue donc, Cosette, dit l'étranger.

— Oh! je joue, répondit l'enfant.

Cet étranger, cet inconnu qui avait l'air d'une
visite que la Providence faisait à Cosette, était en
ce moment-là ce que la Thénardier haïssait le plus
au monde. Pourtant, il fallait se contraindre. C'é-
tait plus d'émotions qu'elle n'en pouvait suppor-
ter, si habituée qu'elle fût à la dissimulation par
la copie qu'elle tâchait de faire de son mari dans
toutes ses actions. Elle se hâta d'envoyer ses filles

coucher, puis elle demanda à l'homme jaune *la permission* d'y envoyer Cosette, — *qui a bien fatigué aujourd'hui,* ajouta-t-elle d'un air maternel. Cosette s'alla coucher emportant Catherine entre ses bras.

La Thénardier allait de temps en temps à l'autre bout de la salle où était son homme, *pour se soulager l'âme,* disait-elle. Elle échangeait avec son mari quelques paroles d'autant plus furieuses qu'elle n'osait les dire tout haut :

— Vieille bête ! qu'est-ce qu'il a donc dans le ventre ? venir nous déranger ici ! vouloir que ce petit monstre joue ! lui donner des poupées ! donner des poupées de quarante francs à une chienne que je donnerais moi pour quarante sous ! encore un peu il lui dirait votre majesté comme à la duchesse de Berry ! Y a-t-il du bon sens ? il est donc enragé, ce vieux mystérieux-là ?

— Pourquoi ? C'est tout simple, répliquait le Thénardier. Si ça l'amuse ! Toi, ça t'amuse que la petite travaille, lui, ça l'amuse qu'elle joue. Il est dans son droit. Un voyageur ça fait ce que ça veut quand ça paye. Si ce vieux est un philanthrope, qu'est-ce que ça te fait ? si c'est un imbécile, ça

ne te regarde pas. De quoi te mêles-tu, puisqu'il a
de l'argent?

Langage de maître et raisonnement d'aubergiste
qui n'admettaient ni l'un ni l'autre la réplique.

L'homme s'était accoudé sur la table et avait
repris son attitude de rêverie. Tous les autres
voyageurs, marchands et rouliers, s'étaient un peu
éloignés et ne chantaient plus. Ils le considéraient à
distance avec une sorte de crainte respectueuse. Ce
particulier si pauvrement vêtu, qui tirait de sa poche les roues de derrière avec tant d'aisance et qui
prodiguait des poupées gigantesques à de petites
souillons en sabots, était certainement un bonhomme magnifique et redoutable.

Plusieurs heures s'écoulèrent. La messe de minuit était dite, le réveillon était fini, les buveurs
s'en étaient allés, le cabaret était fermé, la salle
basse était déserte, le feu s'était éteint, l'étranger
était toujours à la même place et dans la même
posture. De temps en temps il changeait le coude
sur lequel il s'appuyait. Voilà tout. Mais il n'avait
pas dit un mot depuis que Cosette n'était plus là.

Les Thénardier seuls, par convenance et par
curiosité, étaient restés dans la salle.

— Est-ce qu'il va passer la nuit comme ça ? grommelait la Thénardier. Comme deux heures du matin sonnaient, elle se déclara vaincue et dit à son mari : — Je vais me coucher. Fais-en ce que tu voudras. — Le mari s'assit à une table dans un coin, alluma une chandelle et se mit à lire le *Courrier français.*

Une bonne heure passa ainsi. Le digne aubergiste avait lu au moins trois fois le *Courrier français,* depuis la date du numéro jusqu'au nom de l'imprimeur. L'étranger ne bougeait pas.

Le Thénardier remua, toussa, cracha, se moucha, fit craquer sa chaise. Aucun mouvement de l'homme. — Est-ce qu'il dort ? pensa le Thénardier. — L'homme ne dormait pas, mais rien ne pouvait l'éveiller.

Enfin Thénardier ôta son bonnet, s'approcha doucement, et s'aventura à dire :

— Est-ce que monsieur ne va pas reposer ?

Ne va pas se coucher lui eût semblé excessif et familier. *Reposer* sentait le luxe et était du respect. Ces mots-là ont la propriété mystérieuse et admirable de gonfler le lendemain matin le chiffre de la carte à payer. Une chambre où l'on *couche* coûte

vingt sous ; une chambre où l'on *repose* coûte vingt
francs.

— Tiens ! dit l'étranger, vous avez raison. Où
est votre écurie ?

— Monsieur, fit le Thénardier avec un sourire,
je vais conduire monsieur.

Il prit la chandelle, l'homme prit son paquet et
son bâton, et Thénardier le mena dans une chambre au premier qui était d'une rare splendeur,
toute meublée en acajou avec un lit-bateau et des
rideaux en calicot rouge.

— Qu'est-ce que c'est que cela? dit le voyageur.

— C'est notre propre chambre de noce, dit
l'aubergiste. Nous en habitons une autre, mon
épouse et moi. On n'entre ici que trois ou quatre
fois dans l'année.

— J'aurais autant aimé l'écurie, dit l'homme
brusquement.

Le Thénardier n'eut pas l'air d'entendre cette
réflexion peu obligeante.

Il alluma deux bougies de cire toutes neuves
qui figuraient sur la cheminée. Un assez bon feu
flambait dans l'âtre.

Il y avait sur cette cheminée, sous un bocal, une coiffure de femme en fil d'argent et en fleur d'oranger.

— Et ceci, qu'est-ce que c'est ? reprit l'étranger.

— Monsieur, dit le Thénardier, c'est le chapeau de mariée de ma femme.

Le voyageur regarda l'objet d'un regard qui semblait dire : il y a donc eu un moment où ce monstre a été une vierge?

Du reste le Thénardier mentait. Quand il avait pris à bail cette bicoque pour en faire une gargote, il avait trouvé cette chambre ainsi garnie, et avait acheté ces meubles et brocanté ces fleurs d'oranger, jugeant que cela ferait une ombre gracieuse sur « son épouse, » et qu'il en résulterait pour sa maison ce que les anglais appellent de la respectabilité.

Quand le voyageur se retourna, l'hôte avait disparu. Le Thénardier s'était éclipsé discrètement, sans oser dire bonsoir, ne voulant pas traiter avec une cordialité irrespectueuse un homme qu'il se proposait d'écorcher royalement le lendemain matin.

L'aubergiste se retira dans sa chambre. Sa

femme était couchée, mais elle ne dormait pas.
Quand elle entendit le pas de son mari, elle se retourna et lui dit :

— Tu sais que je flanque Cosette demain à la
porte.

Le Thénardier répondit froidement :

— Comme tu y vas !

Ils n'échangèrent pas d'autres paroles et quelques moments après leur chandelle était éteinte.

De son côté le voyageur avait déposé dans un
coin son bâton et son paquet. L'hôte parti, il s'assit sur un fauteuil et resta quelque temps pensif.
Puis il ôta ses souliers, prit une des deux bougies,
souffla l'autre, poussa la porte et sortit de la chambre, regardant autour de lui comme quelqu'un qui
cherche. Il traversa un corridor et parvint à l'escalier. Là il entendit un petit bruit très-doux qui ressemblait à une respiration d'enfant. Il se laissa
conduire par ce bruit et arriva à une espèce d'enfoncement triangulaire pratiqué sous l'escalier ou
pour mieux dire formé par l'escalier même. Cet
enfoncement n'était autre chose que le dessous des
marches. Là, parmi toutes sortes de vieux paniers
et de vieux tessons, dans la poussière et dans les

toiles d'araignée, il y avait un lit ; si l'on peut appeler lit une paillasse trouée jusqu'à montrer la
paille et une couverture trouée jusqu'à laisser voir
la paillasse. Point de draps. Cela était posé à terre
sur le carreau. Dans ce lit Cosette dormait.

L'homme s'approcha, et la considéra.

Cosette dormait profondément, elle était tout
habillée. L'hiver elle ne se déshabillait pas pour
avoir moins froid.

Elle tenait serrée contre elle la poupée dont les
grands yeux ouverts brillaient dans l'obscurité. De
temps en temps elle poussait un grand soupir
comme si elle allait se réveiller, et elle étreignait
la poupée dans ses bras presque convulsivement. Il
n'y avait à côté de son lit qu'un de ses sabots.

Une porte ouverte près du galetas de Cosette
laissait voir une assez grande chambre sombre.
L'étranger y pénétra. Au fond, à travers une porte
vitrée, on apercevait deux petits lits jumeaux très-
blancs. C'étaient ceux d'Azelma et d'Éponine. Derrière ces lits disparaissait à demi un berceau d'osier
sans rideaux où dormait le petit garçon qui avait
crié toute la soirée.

L'étranger conjectura que cette chambre com-

muniquait avec celle des époux Thénardier. Il allait
se retirer quand son regard rencontra la cheminée;
une de ces vastes cheminées d'auberge où il y a
toujours un si petit feu, quand il y a du feu, et qui
sont si froides à voir. Dans celle-là il n'y avait pas
de feu, il n'y avait pas même de cendre; ce qui
y était attira pourtant l'attention du voyageur.
C'étaient deux petits souliers d'enfant de forme
coquette et de grandeur inégale; le voyageur se
rappela la gracieuse et immémoriale coutume des
enfants qui déposent leur chaussure dans la cheminée le jour de Noël pour y attendre dans les
ténèbres quelque étincelant cadeau de leur bonne
fée. Éponine et Azelma n'avaient eu garde d'y man-
quer, et elles avaient mis chacune un de leurs souliers dans la cheminée.

Le voyageur se pencha.

La fée, c'est-à-dire la mère, avait déjà fait sa
visite, et l'on voyait reluire dans chaque soulier
une belle pièce de dix sous toute neuve.

L'homme se relevait et allait s'en aller lorsqu'il
aperçut au fond, à l'écart, dans le coin le plus
obscur de l'âtre, un autre objet. Il regarda, et reconnut un sabot, un affreux sabot du bois le plus

grossier, à demi brisé et tout couvert de cendre
et de boue desséchée. C'était le sabot de Cosette.
Cosette, avec cette touchante confiance des enfants
qui peut être trompée toujours sans se décourager
jamais, avait mis, elle aussi, son sabot dans la
cheminée.

C'est une chose sublime et douce que l'espérance dans un enfant qui n'a jamais connu que le
désespoir.

Il n'y avait rien dans ce sabot.

L'étranger fouilla dans son gilet, se courba et
mit dans le sabot de Cosette un louis d'or.

Puis il regagna sa chambre à pas de loup.

IX

THÉNARDIER A LA MANŒUVRE

Le lendemain matin, deux heures au moins avant le jour, le mari Thénardier, attablé près d'une chandelle dans la salle basse du cabaret, une plume à la main, composait la carte du voyageur à la redingote jaune.

La femme debout, à demi courbée sur lui, le suivait des yeux. Ils n'échangeaient pas une parole. C'était, d'un côté, une méditation profonde,

de l'autre, cette admiration religieuse avec laquelle
on regarde naître et s'épanouir une merveille de
l'esprit humain. On entendait un bruit dans la
maison ; c'était l'Alouette qui balayait l'escalier.

Après un bon quart d'heure et quelques ratures,
le Thénardier produisit ce chef-d'œuvre :

Note du monsieur du n° 1.

Souper.	. . . . . .	fr.	3
Chambre .	. . . . .	«	10
Bougie.	. . . . .	«	5
Feu.	. . . . . .	«	4
Service	. . . . .	«	1
		Total. . .	fr. 23

Service était écrit *servisse.*

— Vingt-trois francs ! s'écria la femme avec un
enthousiasme mêlé de quelque hésitation.

, Comme tous les grands artistes, le Thénardier
n'était pas content.

— Peuh ! fit-il.

C'était l'accent de Castlereagh rédigeant au congrès de Vienne la carte à payer de la France.

— Monsieur Thénardier, tu as raison, il doit

bien cela, murmura la femme qui songeait à la poupée donnée à Cosette en présence de ses filles, c'est
juste, mais c'est trop. Il ne voudra pas payer.

Le Thénardier fit son rire froid, et dit :

— Il payera.

Ce rire était la signification suprême de la certitude et de l'autorité. Ce qui était dit ainsi devait
être. La femme n'insista point. Elle se mit à ran-
ger les tables; le mari marchait de long en large
dans la salle. Un moment après il ajouta :

— Je dois bien quinze cents francs, moi !

Il alla s'asseoir au coin de la cheminée, méditant, les pieds sur les cendres chaudes.

— Ah çà! reprit la femme, tu n'oublies pas que
je flanque Cosette à la porte aujourd'hui? Ce
monstre! elle me mange le cœur avec sa poupée!
J'aimerais mieux épouser Louis XVIII que de la
garder un jour de plus à la maison!

Le Thénardier alluma sa pipe et répondit entre
deux bouffées :

— Tu remettras la carte à l'homme.

Puis il sortit.

Il était à peine hors de la salle que le voyageur
y entra.

Le Thénardier reparut sur-le-champ derrière lui et demeura immobile dans la porte entre-bâillée, visible seulement pour sa femme.

L'homme jaune portait à la main son bâton et son paquet.

— Levé sitôt ! dit la Thénardier, est-ce que monsieur nous quitte déjà ?

Tout en parlant ainsi, elle tournait d'un air embarrassé la carte dans ses mains et y faisait des plis avec ses ongles. Son visage dur offrait une nuance qui ne lui était pas habituelle, la timidité et le scrupule.

Présenter une pareille note à un homme qui avait si parfaitement l'air « d'un pauvre », cela lui paraissait malaisé.

Le voyageur semblait préoccupé et distrait. Il répondit :

— Oui, madame, je m'en vais.

— Monsieur, reprit-elle, n'avait donc pas d'affaires à Montfermeil ?

— Non, je passe par ici. Voilà tout. — Madame, ajouta-t-il, qu'est-ce que je dois ?

La Thénardier, sans répondre, lui tendit la carte pliée.

L'homme déplia le papier, et le regarda ; mais son attention était visiblement ailleurs.

— Madame, reprit-il, faites-vous de bonnes affaires dans ce Montfermeil ?

— Comme cela, monsieur, répondit la Thénardier stupéfaite de ne point voir d'autre explosion.

Elle poursuivit d'un accent élégiaque et lamentable :

— Oh ! monsieur, les temps sont bien durs ! et puis nous avons si peu de bourgeois dans nos endroits ! C'est tout petit monde, voyez-vous. Si nous n'avions pas par-ci par-là des voyageurs généreux et riches comme monsieur ! nous avons tant de charges. Tenez, cette petite nous coûte les yeux de la tête.

— Quelle petite ?

— Eh bien, la petite, vous savez ! Cosette ! l'Alouette, comme on dit dans le pays !

— Ah ! dit l'homme.

Elle continua :

— Sont-ils bêtes, ces paysans, avec leurs sobriquets ! elle a plutôt l'air d'une chauve-souris que d'une alouette. Voyez-vous, monsieur, nous ne demandons pas la charité, mais nous ne pouvons pas la faire. Nous ne gagnons rien et nous avons gros à payer. La patente, les impositions, les portes et fenêtres, les centimes ! Monsieur sait que le gouvernement demande un argent terrible. Et puis j'ai mes filles, moi. Je n'ai pas besoin de nourrir l'enfant des autres.

L'homme reprit, de cette voix qu'il s'efforçait de rendre indifférente et dans laquelle il y avait un tremblement :

— Et si l'on vous en débarrassait ?

— De qui ? de la Cosette ?

— Oui.

La face rouge et violente de la gargotière s'illumina d'un épanouissement hideux.

— Ah, monsieur ! mon bon monsieur ! prenez-la, gardez-la, emmenez-la, emportez-la, sucrez-la, truffez-la, buvez-la, mangez-la, et soyez béni de la bonne sainte Vierge et de tous les saints du paradis !

— C'est dit.

— Vrai ! vous l'emmenez ?

— Je l'emmène.

— Tout de suite ?

— Tout de suite. Appelez l'enfant.

— Cosette! cria la Thénardier.

— En attendant, poursuivit l'homme, je vais toujours vous payer ma dépense. Combien est-ce ?

Il jeta un coup d'œil sur la carte et ne put réprimer un mouvement de surprise :

— Vingt-trois francs ?

Il regarda la gargotière et répéta :

— Vingt-trois francs ?

Il y avait dans la prononciation de ces deux mots ainsi répétés l'accent qui sépare le point d'exclamation du point d'interrogation.

La Thénardier avait eu le temps de se préparer au choc. Elle répondit avec assurance :

— Dame oui, monsieur ! c'est vingt-trois francs.

L'étranger posa cinq pièces de cinq francs sur la table.

— Allez chercher la petite, dit-il.

En ce moment le Thénardier s'avança au milieu de la salle et dit :

— Monsieur doit vingt-six sous.

— Vingt-six sous! s'écria la femme.

— Vingt sous pour la chambre, reprit le Thénardier froidement, et six sous pour le souper.

Quant à la petite, j'ai besoin d'en causer un peu avec monsieur. Laisse-nou s, ma femme.

La Thénardier eut un de ces éblouissements que donnent les éclairs imprévus du talent. Elle sentit que le grand acteur entrait en scène, ne répliqua pas un mot, et sortit.

Dès qu'ils furent seuls, le Thénardier offrit une chaise au voyageur. Le voyageur s'assit ; le Thénardier resta debout, et son visage prit une singulière expression de bonhomie et de simplicité.

— Monsieur, dit-il, tenez, je vais vous dire, c'est que je l'adore, moi, cette enfant.

L'étranger le regarda fixement :

— Quelle enfant?

Thénardier continua :

— Comme c'est drôle ! on s'attache. Qu'est-ce que c'est que tout cet argent-là? reprenez donc vos pièces de cent sous. C'est une enfant que j'adore.

— Qui ça? demanda l'étranger.

— Eh, notre petite Cosette ! ne voulez-vous pas nous l'emmener? Eh bien, je parle franchement, vrai comme vous êtes un honnête homme, je ne peux pas y consentir. Elle me ferait faute, cette

enfant. J'ai vu ça tout petit. C'est vrai qu'elle nous
coûte de l'argent, c'est vrai qu'elle a des défauts,
c'est vrai que nous ne sommes pas riches, c'est
vrai que j'ai payé plus de quatre cents francs en
drogues rien que pour une de ses maladies! Mais
il faut bien faire quelque chose pour le bon Dieu.
Ça n'a ni père ni mère, je l'ai élevée. J'ai du pain
pour elle et pour moi. Au fait j'y tiens, à cette enfant. Vous comprenez, on se prend d'affection; je
suis une bonne bête, moi; je ne raisonne pas; je
l'aime, cette petite; ma femme est vive, mais elle
l'aime aussi. Voyez-vous, c'est comme notre enfant. J'ai besoin que ça babille dans la maison.

L'étranger le regardait toujours fixement. Il continua.

— Pardon, excuse, monsieur, mais on ne donne
point son enfant comme ça à un passant. Pas vrai
que j'ai raison? après cela, je ne dis pas, vous êtes
riche, vous avez l'air d'un bien brave homme, si
c'était pour son bonheur? mais il faudrait savoir.
Vous comprenez? une supposition que je la laisse-
rais aller et que je me sacrifierais, je voudrais savoir où elle va, je ne voudrais pas la perdre de
vue, je voudrais savoir chez qui elle est, pour l'al-

ler voir de temps en temps, qu'elle sache que son bon père nourricier est là, qu'il veille sur elle. Enfin il y a des choses qui ne sont pas possibles. Je ne sais seulement pas votre nom. Vous l'emmèneriez, je dirais : eh bien, l'Alouette? où donc a-t-elle passé? Il faudrait au moins voir quelque méchant chiffon de papier, un petit bout de passe-port. quoi!

L'étranger, sans cesser de le regarder de ce regard qui va, pour ainsi dire, jusqu'au fond de la conscience, lui répondit d'un accent grave et ferme :

— Monsieur Thénardier, on n'a pas un passe-port pour venir à cinq lieues de Paris. Si j'emmène Cosette, je l'emmènerai, voilà tout. Vous ne saurez pas mon nom, vous ne saurez pas ma demeure, vous ne saurez pas où elle sera, et mon intention est qu'elle ne vous revoie de sa vie. Je casse le fil qu'elle a au pied, et elle s'en va. Cela vous convient-il? Oui ou non?

De même que les démons et les génies reconnaissaient à de certains signes la présence d'un dieu supérieur, le Thénardier comprit qu'il avait affaire à quelqu'un de très-fort. Ce fut comme une

intuition ; il comprit cela avec sa promptitude nette
et sagace. La veille, tout en buvant avec les rouliers, tout en fumant, tout en chantant des gau-
drioles, il avait passé la soirée à observer l'étranger, le guettant comme un chat et l'étudiant comme
un mathématicien. Il l'avait à la fois épié pour son
propre compte, pour le plaisir et par instinct, et
espionné comme s'il eût été payé pour cela. Pas
un geste, pas un mouvement de l'homme à la capote jaune ne lui était échappé. Avant même que
l'inconnu manifestât si clairement son intérêt pour
Cosette, le Thénardier l'avait deviné. Il avait surpris les regards profonds de ce vieux qui reve-
naient toujours à l'enfant. Pourquoi cet intérêt ?
qu'était-ce que cet homme ? pourquoi, avec tant
d'argent dans sa bourse, ce costume si misérable ?
Questions qu'il se posait sans pouvoir les résoudre
et qui l'irritaient. Il y avait songé toute la nuit. Ce
ne pouvait être le père de Cosette. Était-ce quelque
grand-père ? alors pourquoi ne pas se faire con-
naître tout de suite ? Quand on a un droit, on le
montre. Cet homme évidemment n'avait pas de
droit sur Cosette. Alors qu'était-ce ? Le Thénardier
se perdait en suppositions. Il entrevoyait tout, et

ne voyait rien. Quoi qu'il en fût, en entamant la conversation avec l'homme, sûr qu'il y avait un secret dans tout cela, sûr que l'homme était intéressé à rester dans l'ombre, il se sentait fort; à la réponse nette et ferme de l'étranger, quand il vit que ce personnage mystérieux était mystérieux si simplement, il se sentit faible. Il ne s'attendait à rien de pareil. Ce fut la déroute de ses conjectures. Il rallia ses idées. Il pesa tout cela en une seconde. Le Thénardier était un de ces hommes qui jugent d'un coup d'œil une situation. Il estima que c'était le moment de marcher droit et vite. Il fit comme les grands capitaines à cet instant décisif qu'ils savent seuls reconnaître, il démasqua brusquement sa batterie.

— Monsieur, dit-il, il me faut quinze cents francs.

L'étranger prit dans sa poche de côté un vieux portefeuille en cuir noir, l'ouvrit et en tira trois billets de banque qu'il posa sur la table. Puis il appuya son large pouce sur ces billets, et dit au gargotier :

— Faites venir Cosette.

Pendant que ceci se passait, que faisait Cosette?

Cosette, en s'éveillant, avait couru à son sabot. Elle y avait trouvé la pièce d'or. Ce n'était pas un napoléon, c'était une de ces pièces de vingt francs toutes neuves de la restauration sur l'effigie desquelles la petite queue prussienne avait remplacé la couronne de laurier. Cosette fut éblouie. Sa destinée commençait à l'enivrer. Elle ne savait pas ce que c'était qu'une pièce d'or, elle n'en avait jamais vu, elle la cacha bien vite dans sa poche comme si elle l'avait volée. Cependant elle sentait que cela était bien à elle, elle devinait d'où ce don lui venait, mais elle éprouvait une sorte de joie pleine de peur. Elle était contente; elle était surtout stupéfaite. Ces choses si magnifiques et si jolies ne lui paraissaient pas réelles. La poupée lui faisait peur, la pièce d'or lui faisait peur. Elle tremblait vaguement devant ces magnificences. L'étranger seul ne lui faisait pas peur. Au contraire, il la rassurait. Depuis la veille, à travers ses étonnements, à travers son sommeil, elle songeait dans son petit esprit d'enfant à cet homme qui avait l'air vieux et pauvre et si triste, et qui était si riche et si bon. Depuis qu'elle avait rencontré ce bonhomme dans le bois, tout était comme changé pour elle.

Cosette, moins heureuse que la moindre hirondelle du ciel, n'avait jamais su ce que c'est que de se réfugier à l'ombre de sa mère et sous une aile. Depuis cinq ans, c'est-à-dire aussi loin que pouvaient remonter ses souvenirs, la pauvre enfant frissonnait et grelottait. Elle avait toujours été toute nue sous la bise aigre du malheur, maintenant il lui semblait qu'elle était vêtue. Autrefois son âme avait froid, maintenant elle avait chaud. — Cosette n'avait plus autant de crainte de la Thénardier. Elle n'était plus seule ; il y avait quelqu'un là.

Elle s'était mise bien vite à sa besogne de tous les matins. Ce louis, qu'elle avait sur elle, dans ce même gousset de son tablier d'où la pièce de quinze sous était tombée la veille, lui donnait des distractions. Elle n'osait pas y toucher, mais elle passait des cinq minutes à le contempler, il faut le dire, en tirant la langue. Tout en balayant l'escalier, elle s'arrêtait, et restait là, immobile, oubliant son balai et l'univers entier, occupée à regarder cette étoile briller au fond de sa poche.

Ce fut dans une de ces contemplations que la Thénardier la rejoignit.

Sur l'ordre de son mari, elle l'était allée chercher. Chose inouïe, elle ne lui donna pas une tape et ne lui dit pas une injure.

— Cosette, dit-elle presque doucement, viens tout de suite.

Un instant après, Cosette entrait dans la salle basse.

L'étranger prit le paquet qu'il avait apporté et le dénoua. Ce paquet contenait une petite robe de laine, un tablier, une brassière de futaine, un jupon, un fichu, des bas de laine, des souliers, un vêtement complet pour une fille de sept ans. Tout cela était noir.

— Mon enfant, dit l'homme, prends ceci et va t'habiller bien vite.

Le jour paraissait lorsque ceux des habitants de Montfermeil qui commençaient à ouvrir leurs portes, virent passer dans la rue de Paris un bonhomme pauvrement vêtu donnant la main à une petite fille tout en deuil qui portait une poupée rose dans ses bras. Ils se dirigeaient du côté de Livry.

C'était notre homme et Cosette.

Personne ne connaissait l'homme; comme Cosette n'était plus en guenilles, beaucoup ne la reconnurent pas.

Cosette s'en allait. Avec qui? elle l'ignorait. Où? elle ne savait. Tout ce qu'elle comprenait, c'est qu'elle laissait derrière elle la gargote Thénardier. Personne n'avait songé à lui dire adieu, ni elle à dire adieu à personne. Elle sortait de cette maison, haïe et haïssant.

Pauvre doux être dont le cœur n'avait été jusqu'à cette heure que comprimé!

Cosette marchait gravement, ouvrant ses grands yeux et considérant le ciel. Elle avait mis son louis dans la poche de son tablier neuf. De temps en temps elle se penchait et lui jetait un coup d'œil, puis elle regardait le bonhomme. Elle sentait quelque chose comme si elle était près du bon Dieu.

X

QUI CHERCHE LE MIEUX PEUT TROUVER LE PIRE

La Thénardier, selon son habitude, avait laissé
faire son mari. Elle s'attendait à de grands événements. Quand l'homme et Cosette furent partis, le
Thénardier laissa écouler un grand quart d'heure,
puis il la prit à part et lui montra les quinze cents
francs.

— Que ça! dit-elle.

C'était la première fois, depuis le commencement

de leur ménage, qu'elle osait critiquer un acte du
maître.

Le coup porta.

— Au fait, tu as raison, dit-il, je suis un imbécile. Donne-moi mon chapeau.

Il plia les trois billets de banque, les enfonça
dans sa poche et sortit en toute hâte, mais il se
trompa et prit d'abord à droite. Quelques voisins
auxquels il s'informa le remirent sur la trace,
l'Alouette et l'homme avaient été vus allant dans
la direction de Livry. Il suivit cette indication,
marchant à grands pas et monologuant.

— Cet homme est évidemment un million habillé en jaune, et moi je suis un animal. Il a d'a-
bord donné vingt sous, puis cinq francs, puis cinquante francs, puis quinze cents francs, toujours
aussi facilement. Il aurait donné quinze mille francs.
Mais je vais le rattraper.

Et puis ce paquet d'habits préparés d'avance
pour la petite, tout cela était singulier; il y avait
bien des mystères là-dessous. On ne lâche pas
des mystères quand on les tient. Les secrets des
riches sont des éponges pleines d'or, il faut savoir les presser. Toutes ces pensées lui tourbil-

lonnaient dans le cerveau. — Je suis un animal, disait-il.

Quand on est sorti de Montfermeil et qu'on a atteint le coude que fait la route qui va à Livry, on la voit se développer devant soi très-loin sur le plateau. Parvenu là, il calcula qu'il devait apercevoir l'homme et la petite. Il regarda aussi loin que sa vue put s'étendre, et ne vit rien. Il s'informa encore. Cependant il perdait du temps. Des passants lui dirent que l'homme et l'enfant qu'il cherchait s'étaient acheminés vers les bois du côté de Gagny. Il se hâta dans cette direction.

Ils avaient de l'avance sur lui, mais un enfant marche lentement, et lui il allait vite. Et puis le pays lui était bien connu.

Tout à coup il s'arrêta et se frappa le front comme un homme qui a oublié l'essentiel, et qui est prêt à revenir sur ses pas.

— J'aurais dû prendre mon fusil ! se dit-il.

Thénardier était une de ces natures doubles qui passent quelquefois au milieu de nous à notre insu et qui disparaissent sans qu'on les ait connues, parce que la destinée n'en a montré qu'un côté. Le sort de beaucoup d'hommes est de vivre ainsi à demi

submergés. Dans une situation calme et plate, Thénardier avait tout ce qu'il fallait pour faire, — nous
ne disons pas pour être, — ce qu'on est convenu
d'appeler un honnête commerçant, un bon bourgeois. En même temps, certaines circonstances
étant données, certaines secousses venant à soulever sa nature de dessous, il avait tout ce qu'il fallait pour être un scélérat. C'était un boutiquier
dans lequel il y avait du monstre. Satan devait par
moment s'accroupir dans quelque coin du bouge
où vivait Thénardier et rêver devant ce chef-
d'œuvre hideux.

Après une hésitation d'un instant :

— Bah ! pensa-t-il, ils auraient le temps d'é-
chapper !

Et il continua son chemin, allant devant lui rapidement, et presque d'un air de certitude, avec
la sagacité du renard flairant une compagnie de
perdrix.

En effet, quand il eut dépassé les étangs et traversé obliquement la grande clairière qui est à
droite de l'avenue de Bellevue, comme il arrivait à
cette allée de gazon qui fait presque le tour de la
colline et qui recouvre la voûte de l'ancien canal

des eaux de l'abbaye de Chelles, il aperçut au-
dessus d'une broussaille un chapeau sur lequel il
avait déjà échafaudé bien des conjectures. C'était
le chapeau de l'homme. La broussaille était basse.
Le Thénardier reconnut que l'homme et Cosette
étaient assis là. On ne voyait pas l'enfant à cause
de sa petitesse, mais on apercevait la tête de la
poupée.

Le Thénardier ne se trompait pas. L'homme
s'était assis là pour laisser un peu reposer Cosette. Le gargotier tourna la broussaille et apparut
brusquement aux regards de ceux qu'il cherchait.

— Pardon, excuse, monsieur, dit-il tout essouf-
flé, mais voici vos quinze cents francs.

En parlant ainsi, il tendait à l'étranger les trois
billets de banque.

L'homme leva les yeux :

— Qu'est-ce que cela signifie?

Le Thénardier répondit respectueusement :

— Monsieur, cela signifie que je reprends
Cosette.

Cosette frissonna et se serra contre le bonhomme.

Lui, il répondit en regardant le Thénardier

dans le fond des yeux et en espaçant toutes ses syllabes :

— Vous-re-pre-nez-Cosette ?

— Oui, monsieur, je la reprends. Je vais vous dire, j'ai réfléchi. Au fait, je n'ai pas le droit de vous la donner. Je suis un honnête homme, voyez-vous. Cette petite n'est pas à moi, elle est à sa mère. C'est sa mère qui me l'a confiée, je ne puis la remettre qu'à sa mère. Vous me direz : Mais la mère est morte. Bon. En ce cas je ne puis rendre l'enfant qu'à une personne qui m'apporterait un écrit signé de la mère comme quoi je dois remettre l'enfant à cette personne-là. Cela est clair.

L'homme, sans répondre, fouilla dans sa poche et le Thénardier vit reparaître le portefeuille aux billets de banque.

Le gargotier eut un frémissement de joie.

— Bon! pensa-t-il, tenons-nous. Il va me corrompre !

Avant d'ouvrir le portefeuille, le voyageur jeta un coup d'œil autour de lui. Le lieu était absolument désert. Il n'y avait pas une âme dans le bois ni dans la vallée. L'homme ouvrit le portefeuille et en tira, non la poignée de billets de banque

qu'attendait Thénardier, mais un simple petit papier qu'il développa et présenta tout ouvert à l'aubergiste en disant :

— Vous avez raison. Lisez.

Le Thénardier prit le papier et lut :

« M. — sur M. —, le 25 mars 1823.

« Monsieur Thénardier,

« Vous remettrez Cosette à la personne. — On
« vous payera toutes les petites choses.

« J'ai l'honneur de vous saluer avec considé-
« ration.

« Fantine. »

— Vous connaissez cette signature ? reprit
l'homme.

C'était bien la signature de Fantine. Le Thénardier la reconnut.

Il n'y avait rien à répliquer. Il sentit deux
violents dépits, le dépit de renoncer à la corruption qu'il espérait, et le dépit d'être battu. L'homme
ajouta :

— Vous pouvez garder ce papier pour votre
décharge.

Le Thénardier se replia en bon ordre :

— Cette signature est assez bien imitée, grommela-t-il entre ses dents. Enfin, soit !

Puis il essaya un effort désespéré.

— Monsieur, dit-il, c'est bon. Puisque vous êtes la personne. Mais il faut me payer « toutes les petites choses. » On me doit gros.

L'homme se dressa debout et dit en époussetant avec des chiquenaudes sa manche râpée où il y avait de la poussière :

— Monsieur Thénardier, en janvier la mère comptait qu'elle vous devait cent vingt francs ; vous lui avez envoyé en février un mémoire de cinq cents francs ; vous avez reçu trois cents francs fin février et trois cents francs au commencement de mars. Il s'est écoulé depuis lors neuf mois à quinze francs, prix convenu, cela fait cent trente-cinq francs. Vous aviez reçu cent francs de trop. Reste trente-cinq francs qu'on vous doit. Je viens de vous donner quinze cents francs.

Le Thénardier éprouva ce qu'éprouve le loup au moment où il se sent mordu et saisi par la mâchoire d'acier du piége.

— Quel est ce diable d'homme? pensa-t-il.

Il fit ce que fait le loup, il donna une secousse. L'audace lui avait déjà réussi une fois.

— Monsieur-dont-je-ne-sais-pas-le-nom, dit-il résolùment et mettant cette fois les façons respectueuses de côté, je reprendrai Cosette ou vous me donnerez mille écus.

L'étranger dit tranquillement :

— Viens, Cosette.

Il prit Cosette de la main gauche, et de la droite il ramassa son bâton qui était à terre.

Le Thénardier remarqua l'énormité de la trique et la solitude du lieu.

L'homme s'enfonça dans le bois avec l'enfant, laissant le gargotier immobile et interdit.

Pendant qu'ils s'éloignaient, le Thénardier considérait ses larges épaules un peu voûtées et ses gros poings.

Puis ses yeux, revenant à lui-même, retombaient sur ses bras chétifs et sur ses mains maigres. — Il faut que je sois vraiment bien bête, pensait-il, de n'avoir pas pris mon fusil, puisque j'allais à la chasse !

Cependant l'aubergiste ne lâcha pas prise.

— Je veux savoir où il ira, dit-il, — et il se mit

à les suivre à distance. Il lui restait deux choses dans les mains, une ironie, le chiffon de papier signé *Fantine,* et une consolation, les quinze cents francs.

L'homme emmenait Cosette dans la direction de Livry et de Bondy. Il marchait lentement, la tête baissée, dans une attitude de réflexion et de tristesse. L'hiver avait fait le bois à claire-voie, si bien que le Thénardier ne les perdait pas de vue, tout en restant assez loin. De temps en temps l'homme se retournait et regardait si on ne le suivait pas. Tout à coup il aperçut Thénardier. Il entra brusquement avec Cosette dans un taillis où ils pouvaient tous deux disparaître. — Diantre! dit le Thénardier. — Et il doubla le pas.

L'épaisseur du fourré l'avait forcé de se rapprocher d'eux. Quand l'homme fut au plus épais, il se retourna. Thénardier eut beau se cacher dans les branches, il ne put faire que l'homme ne le vît pas. L'homme lui jeta un coup d'œil inquiet, puis hocha la tête et reprit sa route. L'aubergiste se remit à le suivre. Ils firent ainsi deux ou trois cents pas. Tout à coup l'homme se retourna encore. Il aperçut l'aubergiste. Cette fois

il le regarda d'un air si sombre que le Thénardier jugea « inutile » d'aller plus loin. Thénardier
rebroussa chemin.

XI

LE NUMÉRO 9430 REPARAIT, ET COSETTE LE GAGNE
A LA LOTERIE

Jean Valjean n'était pas mort.

En tombant à la mer, ou plutôt en s'y jetant, il était, comme on l'a vu, sans fers. Il nagea entre deux eaux jusque sous un navire au mouillage, auquel était amarrée une embarcation. Il trouva moyen de se cacher dans cette embarcation jusqu'au soir. A la nuit, il se jeta de nouveau à la

nage, et atteignit la côte à peu de distance du cap
Brun. Là, comme ce n'était pas l'argent qui lui
manquait, il put se procurer des vêtements. Une
guinguette aux environs de Balaguier était alors le
vestiaire des forçats évadés, spécialité lucrative.
Puis, Jean Valjean, comme tous ces tristes fugitifs
qui tâchent de dépister le guet de la loi et la fata-
lité sociale, suivit un itinéraire obscur et ondulant.
Il trouva un premier asile aux Pradeaux, près
Beausset. Ensuite il se dirigea vers le Grand-Vil-
lard, près Briançon, dans les Hautes-Alpes. Fuite
tâtonnante et inquiète, chemin de taupe dont les
embranchements sont inconnus. On a pu, plus tard,
retrouver quelque trace de son passage dans l'Ain
sur le territoire de Civrieux, dans les Pyrénées à
Accons au lieu dit la Grange-de-Doumecq, près
du hameau de Chavailles, et dans les environs de
Périgueux, à Brunies, canton de la Chapelle-Gona-
guet. Il gagna Paris. On vient de le voir à Montfermeil.

Son premier soin, en arrivant à Paris, avait été
d'acheter des habits de deuil pour une petite fille
de sept à huit ans, puis de se procurer un logement.
Cela fait, il s'était rendu à Montfermeil.

On se souvient que déjà, lors de sa précédente évasion, il y avait fait, ou dans les environs, un voyage mystérieux dont la justice avait eu quelque lueur.

Du reste on le croyait mort, et cela épaississait l'obscurité qui s'était faite sur lui. A Paris, il lui tomba sous la main un des journaux qui enregistraient le fait. Il se sentit rassuré et presque en paix comme s'il était réellement mort.

Le soir même du jour où Jean Valjean avait tiré Cosette des griffes des Thénardier, il rentrait dans Paris. Il y rentrait à la nuit tombante, avec l'enfant, par la barrière de Monceaux. Là il monta dans un cabriolet qui le conduisit à l'esplanade de l'Observatoire. Il y descendit, paya le cocher, prit Cosette par la main, et tous deux, dans la nuit noire, par les rues désertes qui avoisinent l'Ourcine et la Glacière, se dirigèrent vers le boulevard de l'Hôpital.

La journée avait été étrange et remplie d'émotions pour Cosette; on avait mangé derrière des haies du pain et du fromage achetés dans des gargotes isolées; on avait souvent changé de voitures, on avait fait des bouts de chemin à pied, elle

ne se plaignait pas; mais elle était fatiguée, et Jean
Valjean s'en aperçut à sa main qu'elle tirait davantage en marchant. Il la prit sur son dos; Cosette,
sans lâcher Catherine, posa sa tête sur l'épaule de
Jean Valjean, et s'y endormit.

LIVRE QUATRIÈME

LA MASURE GORBEAU

I

MAITRE GORBEAU

Il y a quarante ans, le promeneur solitaire qui
s'aventurait dans les pays perdus de la Salpêtrière
et qui montait par le boulevard jusque vers la barrière d'Italie, arrivait à des endroits où l'on eût pu
dire que Paris disparaissait. Ce n'était plus la solitude, il y avait des passants ; ce n'était pas la campagne, il y avait des maisons et des rues ; ce n'é-
tait pas une ville, les rues avaient des ornières

comme les grandes routes et l'herbe y poussait ; ce
n'était pas un village, les maisons étaient trop
hautes. Qu'était-ce donc ? C'était un lieu habité où
il n'y avait personne, c'était un lieu désert où il y
avait quelqu'un ; c'était un boulevard de la grande
ville, une rue de Paris, plus farouche la nuit qu'une
forêt, plus morne le jour qu'un cimetière.

C'était le vieux quartier du Marché-aux-Chevaux.

Ce promeneur, s'il se risquait au delà des quatre
murs caducs de ce Marché-aux-Chevaux, s'il con-
sentait même à dépasser la rue du Petit-Banquier,
après avoir laissé à sa droite un courtil gardé par
de hautes murailles, puis un pré où se dressaient
des meules de tan pareilles à des huttes de castors
gigantesques, puis un enclos encombré de bois de
charpente avec des tas de souches, de sciures et de
copeaux au haut desquels aboyait un gros chien,
puis un long mur bas tout en ruine avec une petite
porte noire et en deuil, chargée de mousses qui
s'emplissaient de fleurs au printemps, puis, au plus
désert, une affreuse bâtisse décrépite sur laquelle
on lisait en grosses lettres : DÉFENCE D'AFFI-
CHER, ce promeneur hasardeux atteignait l'angle

de la rue des Vignes-Saint-Marcel, latitudes peu
connues. Là, près d'une usine et entre deux
murs de jardins, on voyait en ce temps-là une masure qui, au premier coup d'œil, semblait petite
comme une chaumière et qui en réalité était grande
comme une cathédrale. Elle se présentait sur la
voie publique de côté, par le pignon ; de là, son
exiguïté apparente. Presque toute la maison
était cachée. On n'en apercevait que la porte et
une fenêtre.

Cette masure n'avait qu'un étage.

En l'examinant, le détail qui frappait d'abord,
c'est que cette porte n'avait jamais pu être que la
porte d'un bouge, tandis que cette croisée, si elle
eût été coupée dans la pierre de taille au lieu de
l'être dans le moellon, aurait pu être la croisée d'un
hôtel.

La porte n'était autre chose qu'un assemblage de
planches vermoulues grossièrement liées par des
traverses pareilles à des bûches mal équarries.
Elle s'ouvrait immédiatement sur un roide escalier
à hautes marches, boueux, plâtreux, poudreux, de
la même largeur qu'elle, qu'on voyait de la rue
monter droit comme une échelle et disparaître dans

l'ombre entre deux murs. Le haut de la baie informe que battait cette porte était masqué d'une
volige étroite au milieu de laquelle on avait scié un
jour triangulaire, tout ensemble lucarne et vasistas
quand la porte était fermée. Sur le dedans de la
porte un pinceau trempé dans de l'encre avait tracé
en deux coups de poing le chiffre 52, et au-dessus
de la volige le même pinceau avait barbouillé le
numéro 50; de sorte qu'on hésitait. Où est-on? Le
dessus de la porte dit : au numéro 50; le dedans
réplique : non, au numéro 52. On ne sait quels
chiffons couleur de poussière pendaient comme des
draperies au vasistas triangulaire.

La fenêtre était large, suffisamment élevée, garnie de persiennes et de châssis à grands carreaux;
seulement ces grands carreaux avaient des blessures variées, à la fois cachées et trahies par un
ingénieux bandage en papier, et les persiennes,
disloquées et descellées, menaçaient plutôt les passants qu'elles ne gardaient les habitants. Les abat-
jour horizontaux y manquaient çà et là et étaient
naïvement remplacés par des planches clouées per-
pendiculairement; si bien que la chose commençait en persienne et finissait en volet.

Cette porte qui avait l'air immonde et cette fenêtre qui avait l'air honnête, quoique délabrée, ainsi vues sur la même maison, faisaient l'effet de deux mendiants dépareillés qui iraient ensemble et marcheraient côte à côte, avec deux mines différentes sous les mêmes haillons, l'un ayant toujours été un gueux, l'autre ayant été un gentilhomme.

L'escalier menait à un corps de bâtiment très-vaste qui ressemblait à un hangar dont on aurait fait une maison. Ce bâtiment avait pour tube intestinal un long corridor sur lequel s'ouvraient, à droite et à gauche, des espèces de compartiments de dimensions variées, à la rigueur logeables et plutôt semblables à des échoppes qu'à des cellules. Ces chambres prenaient jour sur les terrains vagues des environs. Tout cela était obscur, fâcheux, blafard, mélancolique, sépulcral; traversé, selon que les fentes étaient dans le toit ou dans la porte, par des rayons froids ou par des bises glacées. Une particularité intéressante et pittoresque de ce genre d'habitation, c'est l'énormité des araignées.

A gauche de la porte d'entrée, sur le boulevard,

à hauteur d'homme, une lucarne qu'on avait murée faisait une niche carrée pleine de pierres que les enfants y jetaient en passant.

Une partie de ce bâtiment a été dernièrement démolie. Ce qui en reste aujourd'hui peut encore faire juger de ce qu'il a été. Le tout, dans son ensemble, n'a guère plus d'une centaine d'années. Cent ans, c'est la jeunesse d'une église et la vieillesse d'une maison. Il semble que le logis de l'homme participe de sa brièveté et le logis de Dieu de son éternité.

Les facteurs de la poste appelaient cette masure le numéro 50 - 52 ; mais elle était connue dans le quartier sous le nom de maison Gorbeau.

Disons d'où lui venait cette appellation.

Les collecteurs de petits faits, qui se font des herbiers d'anecdotes et qui piquent dans leur mémoire les dates fugaces avec une épingle, savent qu'il y avait à Paris, au siècle dernier, vers 1770, deux procureurs au Châtelet, appelés, l'un Corbeau, l'autre Renard. Deux noms prévus par La Fontaine. L'occasion était trop belle pour que la basoche n'en fît point gorge chaude. Tout de suite

la parodie courut, en vers quelque peu boiteux, les
galeries du palais :

> Maître Corbeau, sur un dossier perché,
> Tenait dans son bec une saisie exécutoire;
> Maître Renard, par l'odeur alléché,
> Lui fit à peu près cette histoire :
> Hé bonjour! etc.

Les deux honnêtes praticiens, gênés par les quo-
libets et contrariés dans leur port de tête par les
éclats de rire qui les suivaient, résolurent de se
débarrasser de leur nom et prirent le parti de
s'adresser au roi. La requête fut présentée à
Louis XV le jour même où le nonce du pape, d'un
côté, et le cardinal de La Roche-Aymon, de l'autre,
dévotement agenouillés tous les deux, chaussèrent,
en présence de sa majesté, chacun d'une pantoufle
les deux pieds nus de madame Du Barry sortant du
lit. Le roi, qui riait, continua de rire, passa gaie-
ment des deux évêques aux deux procureurs, et fit
à ces robins grâce de leur nom, ou à peu près.
Il fut permis, de par le roi, à maître Corbeau
d'ajouter une queue à son initiale et de se nommer
Gorbeau; maître Renard fut moins heureux, il ne
put obtenir que de mettre un P devant son R et de

s'appeler Prenard : si bien que le deuxième nom n'était guère moins ressemblant que le premier.

Or, selon la tradition locale, ce maître Gorbeau avait été propriétaire de la bâtisse numérotée 50-52 boulevard de l'Hôpital. Il était même l'auteur de la fenêtre monumentale.

De là à cette masure le nom de maison Gorbeau.

Vis-à-vis le numéro 50-52 se dresse, parmi les plantations du boulevard, un grand orme aux trois quarts mort; presque en face s'ouvre la rue de la barrière des Gobelins, rue alors sans maisons, non pavée, plantée d'arbres mal venus, verte ou fangeuse selon la saison, qui allait aboutir carrément au mur d'enceinte de Paris. Une odeur de couperose sort par bouffées des toits d'une fabrique voisine.

La barrière était tout près. En 1823, le mur d'enceinte existait encore.

Cette barrière elle-même jetait dans l'esprit des figures funestes. C'était le chemin de Bicêtre. C'est par là que, sous l'empire et la restauration, rentraient à Paris les condamnés à mort le jour de leur exécution. C'est là que fut commis vers 1829

ce mystérieux assassinat dit « de la barrière de
Fontainebleau » dont la justice n'a pu découvrir les
auteurs, problème funèbre qui n'a pas été éclairci,
énigme effroyable qui n'a pas été ouverte. Faites
quelques pas, vous trouvez cette fatale rue Crou-
lebarbe où Ulbach poignarda la chevrière d'Ivry
au bruit du tonnerre, comme dans un mélodrame.
Quelques pas encore, et vous arrivez aux abomi-
nables ormes étêtés de la barrière Saint-Jacques,
cet expédient des philanthropes cachant l'échafaud,
cette mesquine et honteuse place de Grève d'une
société boutiquière et bourgeoise, qui a reculé devant la peine de mort, n'osant ni l'abolir avec
grandeur, ni la maintenir avec autorité.

Il y a trente-sept ans, en laissant à part cette
place Saint-Jacques qui était comme prédestinée et
qui a toujours été horrible, le point le plus morne
peut-être de tout ce morne boulevard était l'endroit, si peu attrayant encore aujourd'hui, où l'on
rencontrait la masure 50-52.

Les maisons bourgeoises n'ont commencé à
poindre là que vingt-cinq ans plus tard. Le lieu était
morose. Aux idées funèbres qui vous y saisissaient,
on se sentait entre la Salpêtrière dont on entre-

voyait le dôme et Bicêtre dont on touchait la barrière ; c'est-à-dire entre la folie de la femme et la
folie de l'homme. Si loin que la vue pût s'étendre,
on n'apercevait que les abattoirs, le mur d'enceinte
et quelques rares façades d'usines, pareilles à des
casernes ou à des monastères ; partout des baraques et des plâtras, de vieux murs noirs comme des
linceuls, des murs neufs blancs comme des suaires ;
partout des rangées d'arbres parallèles, des bâtisses
tirées au cordeau, des constructions plates, de
longues lignes froides et la tristesse lugubre des
angles droits. Pas un accident de terrain, pas un
caprice d'architecture, pas un pli. C'était un ensemble glacial, régulier, hideux. Rien ne serre le
cœur comme la symétrie. C'est que la symétrie,
c'est l'ennui, et l'ennui est le fond même du deuil.
Le désespoir bâille. On peut rêver quelque chose
de plus terrible qu'un enfer où l'on souffre, c'est
un enfer où l'on s'ennuierait. Si cet enfer existait,
ce morceau de boulevard de l'Hôpital en eût pu
être l'avenue.

Cependant, à la nuit tombante, au moment où
la clarté s'en va, l'hiver surtout, à l'heure où la
bise crépusculaire arrache aux ormes leurs der-

nières feuilles rousses, quand l'ombre est profonde
et sans étoiles, ou quand la lune et le vent font des
trous dans les nuages, ce boulevard devenait tout
à coup effrayant. Les lignes noires s'enfonçaient et
se perdaient dans les ténèbres comme des tronçons
de l'infini. Le passant ne pouvait s'empêcher de
songer aux innombrables traditions patibulaires du
lieu. La solitude de cet endroit où il s'était commis tant de crimes avait quelque chose d'affreux.
On croyait pressentir des piéges dans cette obscurité, toutes les formes confuses de l'ombre paraissaient suspectes, et les longs creux carrés qu'on
apercevait entre chaque arbre semblaient des
fosses. Le jour, c'était laid ; le soir, c'était lugubre ;
la nuit, c'était sinistre.

L'été, au crépuscule, on voyait çà et là quelques
vieilles femmes, assises au pied des ormes sur des
bancs moisis par les pluies. Ces bonnes vieilles
mendiaient volontiers.

Du reste ce quartier, qui avait plutôt l'air
suranné qu'antique, tendait dès lors à se transfor-
mer. Dès cette époque, qui voulait le voir devait se
hâter. Chaque jour quelque détail de cet ensemble
s'en allait. Aujourd'hui, et depuis vingt ans, l'em-

barcadère du chemin de fer d'Orléans est là à côté
du vieux faubourg, et le travaille. Partout où l'on
place, sur la lisière d'une capitale, l'embarcadère
d'un chemin de fer, c'est la mort d'un faubourg et
la naissance d'une ville. Il semble qu'autour de ces
grands centres du mouvement des peuples, au
roulement de ces puissantes machines, au souffle
de ces monstrueux chevaux de la civilisation qui
mangent du charbon et vomissent du feu, la terre
pleine de germes tremble et s'ouvre pour engloutir
les anciennes demeures des hommes et laisser sortir
les nouvelles. Les vieilles maisons croulent, les
maisons neuves montent.

Depuis que la gare du railway d'Orléans a en-
vahi les terrains de la Salpêtrière, les antiques rues
étroites qui avoisinent les fossés Saint-Victor et le
Jardin des Plantes s'ébranlent, violemment tra-
versées trois ou quatre fois chaque jour par ces
courants de diligences, de fiacres et d'omnibus qui,
dans un temps donné, refoulent les maisons à
droite et à gauche; car il y a des choses bizarres à
énoncer qui sont rigoureusement exactes, et de
même qu'il est vrai de dire que dans les grandes
villes le soleil fait végéter et croître les façades des

maisons au midi, il est certain que le passage fré-
quent des voitures élargit les rues. Les symptômes
d'une vie nouvelle sont évidents. Dans ce vieux
quartier provincial, aux recoins les plus sauvages,
le pavé se montre, les trottoirs commencent à ram-
per et à s'allonger, même là où il n'y a pas encore
de passants. Un matin, matin mémorable, en juillet 1845, on y vit tout à coup fumer les marmites
noires du bitume ; ce jour-là on put dire que la
civilisation était arrivée rue de l'Ourcine et que
Paris était entré dans le faubourg Saint-Marceau.

II

NID POUR HIBOU ET FAUVETTE

Ce fut devant cette masure Gorbeau que Jean
Valjean s'arrêta. Comme les oiseaux fauves, il
avait choisi ce lieu désert pour y faire son nid.

Il fouilla dans son gilet, y prit une sorte de
passe-partout, ouvrit la porte, entra, puis la referma avec soin, et monta l'escalier, portant toujours Cosette.

Au haut de l'escalier, il tira de sa poche une

autre clef avec laquelle il ouvrit une autre porte.
La chambre où il entra et qu'il referma sur-le-
champ était une espèce de galetas assez spacieux
meublé d'un matelas posé à terre, d'une table et
de quelques chaises. Un poêle allumé et dont on
voyait la braise était dans un coin. Le réverbère
du boulevard éclairait vaguement cet intérieur
pauvre. Au fond il y avait un cabinet avec un lit de
sangle. Jean Valjean porta l'enfant sur ce lit et l'y
déposa sans qu'elle s'éveillât.

Il battit le briquet, et alluma une chandelle; tout
cela était préparé d'avance sur la table; et, comme
il l'avait fait la veille, il se mit à considérer Cosette d'un regard plein d'extase où l'expression de
la bonté et de l'attendrissement allait presque jusqu'à l'égarement. La petite fille, avec cette confiance tranquille qui n'appartient qu'à l'extrême
force et qu'à l'extrême faiblesse, s'était endormie
sans savoir avec qui elle était, et continuait de
dormir sans savoir où elle était.

Jean Valjean se courba et baisa la main de cette
enfant.

Neuf mois auparavant il baisait la main de la
mère qui, elle aussi, venait de s'endormir.

Le même sentiment douloureux, religieux, poignant, lui remplissait le cœur.

Il s'agenouilla près du lit de Cosette.

Il faisait grand jour que l'enfant dormait encore. Un rayon pâle du soleil de décembre traversait la croisée du galetas et traînait sur le plafond de longues filandres d'ombre et de lumière. Tout à coup une charrette de carrier, lourdement chargée, qui passait sur la chaussée du boulevard, ébranla la baraque comme un roulement d'orage et la fit trembler du haut en bas.

— Oui, madame! cria Cosette réveillée en sursaut, voilà! voilà!

Et elle se jeta à bas du lit, les paupières encore à demi fermées par la pesanteur du sommeil, étendant le bras vers l'angle du mur.

— Ah! mon Dieu! mon balai! dit-elle.

Elle ouvrit tout à fait les yeux, et vit le visage souriant de Jean Valjean.

— Ah! tiens, c'est vrai! dit l'enfant. Bonjour, monsieur.

Les enfants acceptent tout de suite et familièrement la joie et le bonheur, étant eux-mêmes naturellement bonheur et joie.

Cosette aperçut Catherine au pied de son lit, et s'en empara, et, tout en jouant, elle faisait cent questions à Jean Valjean. — Où elle était? Si c'était grand, Paris? Si madame Thénardier était bien loin? Si elle ne reviendrait pas, etc., etc. Tout à coup elle s'écria : — Comme c'est joli ici !

C'était un affreux taudis; mais elle se sentait libre.

— Faut-il que je balaye? reprit-elle enfin.

— Joue, dit Jean Valjean.

La journée se passa ainsi. Cosette, sans s'inquiéter de rien comprendre, était inexprimablement heureuse entre cette poupée et ce bonhomme.

III

DEUX MALHEURS MÊLÉS FONT DU BONHEUR

Le lendemain au point du jour, Jean Valjean était encore près du lit de Cosette. Il attendit là, immobile, et il la regarda se réveiller.

Quelque chose de nouveau lui entrait dans l'âme.

Jean Valjean n'avait jamais rien aimé. Depuis vingt-cinq ans il était seul au monde. Il n'avait jamais été père, amant, mari, ami. Au bagne il était mauvais, sombre, chaste, ignorant et farouche. Le cœur de ce vieux forçat était plein de virginités. Sa sœur et les enfants de sa sœur ne lui avaient laissé qu'un souvenir vague et lointain qui avait fini par s'évanouir presque entièrement. Il avait fait tous ses efforts pour les retrouver, et n'ayant pu les retrouver, il les avait oubliés. La nature humaine est ainsi faite. Les autres émotions tendres de sa jeunesse, s'il en avait eu, étaient tombées dans un abîme.

Quand il vit Cosette, quand il l'eut prise, emportée et délivrée, il sentit se remuer ses entrailles. Tout ce qu'il y avait de passionné et d'affectueux en lui s'éveilla et se précipita vers cet enfant. Il allait près du lit où elle dormait, et il y tremblait de joie; il éprouvait des épreintes comme une mère et il ne savait ce que c'était; car c'est une chose bien obscure et bien douce que ce grand et étrange mouvement d'un cœur qui se met à aimer.

Pauvre vieux cœur tout neuf!

Seulement, comme il avait cinquante-cinq ans et que Cosette en avait huit, tout ce qu'il aurait pu avoir d'amour dans toute sa vie se fondit en une sorte de lueur ineffable.

C'était la deuxième apparition blanche qu'il rencontrait. L'évêque avait fait lever à son horizon l'aube de la vertu ; Cosette y faisait lever l'aube de l'amour.

Les premiers jours s'écoulèrent dans cet éblouissement.

De son côté, Cosette, elle aussi, devenait autre, à son insu, pauvre petit être ! Elle était si petite quand sa mère l'avait quittée qu'elle ne s'en souvenait plus. Comme tous les enfants, pareils aux jeunes pousses de la vigne qui s'accrochent à tout, elle avait essayé d'aimer. Elle n'y avait pu réussir. Tous l'avaient repoussée, les Thénardier, leurs enfants, d'autres enfants. Elle avait aimé le chien, qui était mort, après quoi rien n'avait voulu d'elle, ni personne. Chose lugubre à dire, et que nous avons déjà indiquée, à huit ans elle avait le cœur froid. Ce n'était pas sa faute, ce n'était point la faculté d'aimer qui lui manquait ; hélas ! c'était la possibilité. Aussi, dès le premier jour, tout ce qui sentait et songeait en elle se mit à aimer ce bonhomme. Elle éprouvait ce qu'elle n'avait jamais ressenti, une sensation d'épanouissement.

Le bonhomme ne lui faisait même plus l'effet d'être vieux, ni d'être pauvre. Elle trouvait Jean

Valjean beau, de même qu'elle trouvait le taudis joli.

Ce sont là des effets d'aurore, d'enfance, de jeunesse, de joie. La nouveauté de la terre et de la vie y est pour quelque chose. Rien n'est charmant comme le reflet colorant du bonheur sur le grenier. Nous avons tous ainsi dans notre passé un galetas bleu.

La nature, cinquante ans d'intervalle, avaient mis une séparation profonde entre Jean Valjean et Cosette; cette séparation, la destinée la combla. La destinée unit brusquement et fiança avec son irrésistible puissance ces deux existences déracinées, différentes par l'âge, semblables par le deuil. L'une en effet complétait l'autre. L'instinct de Cosette cherchait un père comme l'instinct de Jean Valjean cherchait un enfant. Se rencontrer, ce fut se trouver. Au moment mystérieux où leurs deux mains se touchèrent, elles se soudèrent. Quand ces deux âmes s'aperçurent, elles se reconnurent comme étant le besoin l'une de l'autre et s'embrassèrent étroitement.

En prenant les mots dans leur sens le plus compréhensif et le plus absolu, on pourrait dire que, séparés de tout par des murs de tombe, Jean Valjean était le Veuf comme Cosette était l'Orpheline. Cette situation fit que Jean Valjean devint d'une façon céleste le père de Cosette.

Et, en vérité, l'impression mystérieuse produite à Cosette, au fond du bois de Chelles, par la main de Jean Valjean saisissant la sienne dans l'obscurité, n'était pas une illusion, mais une réalité. L'entrée de cet homme dans la destinée de cet enfant avait été l'arrivée de Dieu.

Du reste, Jean Valjean avait bien choisi son asile. Il était là dans une sécurité qui pouvait sembler entière.

La chambre à cabinet qu'il occupait avec Cosette était celle dont la fenêtre donnait sur le boulevard. Cette fenêtre étant unique dans la maison, aucun regard de voisins n'était à craindre, pas plus de côté qu'en face.

Le rez-de-chaussée du numéro 50-52, espèce d'appentis délabré, servait de remise à des maraîchers, et n'avait aucune communication avec le premier. Il en était séparé par le plancher qui n'avait ni trappes ni escalier et qui était comme le diaphragme de la masure. Le premier étage contenait, comme nous l'avons dit, plusieurs chambres et quelques greniers, dont un seulement était occupé par une vieille femme qui faisait le ménage de Jean Valjean. Tout le reste était inhabité.

C'était cette vieille femme, ornée du nom de *principale locataire* et en réalité chargée des fonctions de portière, qui lui avait loué ce logis dans la journée de Noël. Il s'était donné à elle pour un rentier ruiné par les bons d'Espagne, qui allait venir demeurer là avec sa petite-fille. Il avait payé six mois d'avance et chargé la vieille de meubler la chambre et le cabinet comme on a vu. C'était cette bonne femme qui avait allumé le poêle et tout préparé le soir de leur arrivée.

Les semaines se succédèrent. Ces deux êtres menaient dans ce taudis misérable une existence heureuse.

Dès l'aube Cosette riait, jasait, chantait. Les enfants ont leur chant du matin comme les oiseaux.

Il arrivait quelquefois que Jean Valjean lui prenait sa petite main rouge et crevassée d'engelures et la baisait. La pauvre enfant, accoutumée à être battue, ne savait ce que cela voulait dire, et s'en allait toute honteuse.

Par moments elle devenait sérieuse et elle considérait sa petite robe noire. Cosette n'était plus en guenilles, elle était en deuil. Elle sortait de la misère et elle entrait dans la vie.

Jean Valjean s'était mis à lui enseigner à lire. Parfois, tout en faisant épeler l'enfant, il songeait que c'était avec l'idée de faire le mal qu'il avait appris à lire au bagne. Cette idée avait tourné à montrer à lire à un enfant. Alors le vieux galérien souriait du sourire pensif des anges.

Il sentait là une préméditation d'en haut, une volonté de quelqu'un qui n'est pas l'homme, et il se perdait dans la rêverie. Les bonnes pensées ont leurs abîmes comme les mauvaises.

Apprendre à lire à Cosette, et la laisser jouer, c'était à peu près là toute la vie de Jean Valjean. Et puis il lui parlait de sa mère et il la faisait prier.

Elle l'appelait : *père,* et ne lui savait pas d'autre nom.

Il passait des heures à la contempler habillant et déshabillant sa poupée, et à l'écouter gazouiller. La vie lui paraissait désormais pleine d'intérêt, les hommes lui semblaient bons et justes, il ne reprochait dans sa pensée plus rien à personne, il n'apercevait aucune raison de ne pas vieillir très-vieux maintenant que cette enfant l'aimait. Il se voyait tout un avenir éclairé par Cosette comme par une charmante lumière. Les meilleurs ne sont pas exempts d'une pensée égoïste. Par moments il songeait avec une sorte de joie qu'elle serait laide.

Ceci n'est qu'une opinion personnelle; mais pour dire notre pensée tout entière, au point où en était Jean Valjean quand il se mit à aimer Cosette, il ne nous est pas prouvé qu'il n'ait pas eu besoin de ce ravitaillement pour persévérer dans le bien. Il venait de voir sous de nouveaux aspects la méchanceté des hommes et la misère de la société, aspects incomplets et qui ne montraient fatalement qu'un côté du vrai, le sort de la femme résumé dans Fantine, l'autorité publique personnifiée dans Javert; il était retourné au bagne, cette fois pour avoir bien fait; de nouvelles amertumes l'avaient abreuvé; le dégoût et la lassitude le reprenaient; le souvenir même de l'évêque touchait peut-être à quelque moment d'éclipse, sauf à reparaître plus tard lumineux et triomphant; mais enfin ce sou-

venir sacré s'affaiblissait. Qui sait si Jean Valjean
n'était pas à la veille de se décourager et de retomber? il aima, et il redevint fort. Hélas! il n'était
guère moins chancelant que Cosette. Il la protégea
et elle l'affermit. Grâce à lui, elle put marcher
dans la vie; grâce à elle, il put continuer dans la
vertu. Il fut le soutien de cet enfant et cet enfant
fut son point d'appui. O mystère insondable et divin des équilibres de la destinée!

IV

LES REMARQUES DE LA PRINCIPALE LOCATAIRE

Jean Valjean avait la prudence de ne sortir jamais le jour. Tous les soirs, au crépuscule, il se
promenait une heure ou deux, quelquefois seul,
souvent avec Cosette, cherchant les contre-allées
des boulevards les plus solitaires, et entrant dans
les églises à la tombée de la nuit. Il allait volontiers à Saint-Médard qui est l'église la plus proche.
Quand il n'emmenait pas Cosette, elle restait avec

la vieille femme, mais c'était la joie de l'enfant de
sortir avec le bonhomme. Elle préférait une heure
avec lui même aux tête-à-tête ravissants de Catherine. Il marchait en la tenant par la main et en lui
disant des choses douces.

Il se trouva que Cosette était très-gaie.

La vieille faisait le ménage et la cuisine et allait
aux provisions.

Ils vivaient sobrement, ayant toujours un peu
de feu, mais comme des gens très-gênés. Jean Valjean n'avait rien changé au mobilier du premier
jour ; seulement il avait fait remplacer par une porte
pleine la porte vitrée du cabinet de Cosette.

Il avait toujours sa redingote jaune , sa culotte
noire et son vieux chapeau. Dans la rue on le prenait pour un pauvre. Il arrivait quelquefois que
des bonnes femmes se retournaient et lui donnaient
un sou. Jean Valjean recevait le sou et saluait profondément. Il arrivait aussi parfois qu'il rencontrait quelque misérable demandant la charité, alors
il regardait derrière lui si personne ne le voyait,
s'approchait furtivement du malheureux, lui mettait dans la main une pièce de monnaie, souvent
une pièce d'argent, et s'éloignait rapidement. Cela

avait ses inconvénients. On commençait à le con-
naître dans le quartier sous le nom du *mendiant
qui fait l'aumône.*

La vieille *principale locataire,* créature rechi-
gnée, toute pétrie vis-à-vis du prochain de l'attention des envieux, examinait beaucoup Jean Valjean.
sans qu'il s'en doutât. Elle était un peu sourde,
ce qui la rendait bavarde. Il lui restait de son
passé deux dents, l'une en haut, l'autre en bas,
qu'elle cognait toujours l'une contre l'autre. Elle
avait fait des questions à Cosette qui, ne sachant
rien, n'avait pu rien dire, sinon qu'elle venait de
Montfermeil. Un matin, cette guetteuse aperçut
Jean Valjean qui entrait, d'un air qui sembla à la
commère particulier, dans un des compartiments
inhabités de la masure. Elle le suivit du pas d'une
vieille chatte, et put l'observer, sans en être vue,
par la fente de la porte qui était tout contre. Jean
Valjean, pour plus de précaution sans doute, tournait le dos à cette porte. La vieille le vit fouiller
dans sa poche et y prendre un étui, des ciseaux et
du fil, puis il se mit à découdre la doublure d'un
pan de sa redingote et il tira de l'ouverture un
morceau de papier jaunâtre qu'il déplia. La vieille

reconnut avec épouvante que c'était un billet de mille francs. C'était le second ou le troisième qu'elle voyait depuis qu'elle était au monde. Elle s'enfuit très-effrayée.

Un moment après Jean Valjean l'aborda et la pria d'aller lui changer ce billet de mille francs, ajoutant que c'était le semestre de sa rente qu'il avait touché la veille. — Où? pensa la vieille. Il n'est sorti qu'à six heures du soir, et la caisse du gouvernement n'est certainement pas ouverte à cette heure-là. — La vieille alla changer le billet et fit ses conjectures. Ce billet de mille francs, commenté et multiplié, produisit une foule de conversations effarées parmi les commères de la rue des Vignes-Saint-Marcel.

Les jours suivants, il arriva que Jean Valjean, en manches de veste, scia du bois dans le corridor. La vieille était dans la chambre et faisait le ménage. Elle était seule, Cosette était occupée à admirer le bois qu'on sciait, la vieille vit la redingote accrochée à un clou, et la scruta. La doublure avait été recousue. La bonne femme la palpa attentivement, et crut sentir dans les pans et dans les entournures des épaisseurs de papier.

D'autres billets de mille francs, sans doute !

Elle remarqua en outre qu'il y avait toutes sortes de choses dans les poches. Non-seulement les aiguilles, les ciseaux et le fil qu'elle avait vus, mais un gros portefeuille, un très-grand couteau, et, détail suspect, plusieurs perruques de couleurs variées. Chaque poche de cette redingote avait l'air d'être une façon d'en cas pour des événements imprévus.

Les habitants de la masure atteignirent ainsi les derniers jours de l'hiver.

V

UNE PIÈCE DE CINQ FRANCS QUI TOMBE A TERRE
FAIT DU BRUIT

.

Il y avait près de Saint-Médard un pauvre qui
s'accroupissait sur la margelle d'un puits banal
condamné, et auquel Jean Valjean faisait volontiers
la charité. Il ne passait guère devant cet homme
sans lui donner quelques sous. Parfois il lui parlait.
Les envieux de ce mendiant disaient qu'il était *de
la police*. C'était un vieux bedeau de soixante-quinze

ans qui marmottait continuellement des oraisons.

Un soir que Jean Valjean passait par là, il n'avait pas Cosette avec lui, il aperçut le mendiant à sa place ordinaire sous le réverbère qu'on venait d'allumer. Cet homme, selon son habitude, semblait prier et était tout courbé. Jean Valjean alla à lui et lui mit dans la main son aumône accoutumée. Le mendiant leva brusquement les yeux, regarda fixement Jean Valjean, puis baissa rapidement la tête. Ce mouvement fut comme un éclair, Jean Valjean eut un tressaillement. Il lui sembla qu'il venait d'entrevoir, à la lueur du réverbère, non le visage placide et béat du vieux bedeau, mais une figure effrayante et connue. Il eut l'impression qu'on aurait en se trouvant tout à coup dans l'ombre face à face avec un tigre. Il recula terrifié et pétrifié, n'osant ni respirer, ni parler, ni rester, ni fuir, considérant le mendiant qui avait baissé sa tête couverte d'une loque et paraissait ne plus savoir qu'il était là. Dans ce moment étrange, un instinct, peut-être l'instinct mystérieux de la conservation, fit que Jean Valjean ne prononça pas une parole. Le mendiant avait la même taille, les mêmes guenilles, la même apparence que tous les jours.

— Bah!... dit Jean Valjean, je suis fou! je rêve! impossible! — Et il rentra profondément troublé.

C'est à peine s'il osait s'avouer à lui-même que cette figure qu'il avait cru voir était la figure de Javert.

La nuit, en y réfléchissant, il regretta de n'avoir pas questionné l'homme pour le forcer à lever la tête une seconde fois.

Le lendemain à la nuit tombante il y retourna. Le mendiant était à sa place. — Bonjour, bonhomme, dit résolûment Jean Valjean en lui donnant un sou. Le mendiant leva la tête et répondit d'une voix dolente : — Merci, mon bon monsieur. — C'était bien le vieux bedeau.

Jean Valjean se sentit pleinement rassuré. Il se mit à rire. — Où diable ai-je été voir là Javert? pensa-t-il. Ah çà, est-ce que je vais avoir la berlue à présent? — Il n'y songea plus.

Quelques jours après, il pouvait être huit heures du soir, il était dans sa chambre et il faisait épeler Cosette à haute voix, il entendit ouvrir, puis refermer la porte de la masure. Cela lui parut singulier. La vieille, qui seule habitait avec lui la maison, se couchait toujours à la nuit pour ne point user de chandelle. Jean Valjean fit signe à Cosette de se taire. Il entendit qu'on montait l'escalier. A la rigueur, ce pouvait être la vieille qui avait pu se trouver malade et aller chez l'apothicaire. Jean Valjean écouta. Le pas était lourd et sonnait comme le pas d'un homme; mais la vieille portait de gros souliers et rien ne ressemble au pas d'un homme comme le pas d'une vieille femme. Cependant Jean Valjean souffla sa chandelle.

Il avait envoyé Cosette au lit en lui disant tout bas : — Couche-toi bien doucement; et pendant qu'il la baisait au front, les pas s'étaient arrêtés. Jean Valjean demeura en silence, immobile, le dos tourné à la porte, assis sur sa chaise dont il n'avait pas bougé, retenant son souffle dans l'obscurité. Au bout d'un temps assez long, n'entendant plus rien, il se retourna sans faire de bruit, et comme il levait les yeux vers la porte de sa chambre, il vit une lumière par le trou de la serrure. Cette lumière faisait une sorte d'étoile sinistre dans le noir de la porte et du mur. Il y avait évidemment là quelqu'un qui tenait une chandelle à la main, et qui écoutait.

Quelques minutes s'écoulèrent, et la lumière s'en

alla. Seulement il n'entendit aucun bruit de pas, ce qui semblait indiquer que celui qui était venu écouter à la porte avait ôté ses souliers.

Jean Valjean se jeta tout habillé sur son lit et ne put fermer l'œil de la nuit.

Au point du jour, comme il s'assoupissait de fatigue, il fut réveillé par le grincement d'une porte qui s'ouvrait à quelque mansarde du fond du corridor, puis il entendit le même pas d'homme qui avait monté l'escalier la veille. Le pas s'approchait. Il se jeta à bas du lit et appliqua son œil au trou de la serrure, lequel était assez grand, espérant voir au passage l'être quelconque qui s'était introduit la nuit dans la masure et qui avait écouté à sa porte. C'était un homme en effet, qui passa, cette fois sans s'arrêter, devant la chambre de Jean Valjean. Le corridor était encore trop obscur pour qu'on pût distinguer son visage; mais quand l'homme arriva à l'escalier, un rayon de la lumière du dehors le fit saillir comme une silhouette, et Jean Valjean le vit de dos complétement. L'homme était de haute taille, vêtu d'une redingote longue, avec un gourdin sous son bras. C'était l'encolure formidable de Javert.

Jean Valjean aurait pu essayer de le revoir par sa fenêtre sur le boulevard. Mais il eût fallu ouvrir cette fenêtre ; il n'osa pas.

Il était évident que cet homme était entré avec une clef, et comme chez lui. Qui lui avait donné cette clef ? qu'est-ce que cela voulait dire ?

A sept heures du matin, quand la vieille vint faire le ménage, Jean Valjean lui jeta un coup d'œil pénétrant, mais il ne l'interrogea pas. La bonne femme était comme à l'ordinaire.

Tout en balayant elle lui dit :

— Monsieur a peut-être entendu quelqu'un qui entrait cette nuit ?

A cet âge et sur ce boulevard, huit heures du soir, c'est la nuit la plus noire.

— A propos, c'est vrai, répondit-il de l'accent le plus naturel. Qui était-ce donc ?

— C'est un nouveau locataire, dit la vieille, qu'il y a dans la maison.

— Et qui s'appelle ?

— Je ne sais plus trop. Dumont ou Daumont. Un nom comme cela.

— Et qu'est-ce qu'il est, ce monsieur Dumont ?

La vieille le considéra avec ses petits yeux de fouine et répondit :

— Un rentier comme vous.

Elle n'avait peut-être aucune intention. Jean Valjean crut lui en démêler une.

Quand la vieille fut partie, il fit un rouleau d'une centaine de francs qu'il avait dans une armoire et le mit dans sa poche. Quelque précaution qu'il prît dans cette opération pour qu'on ne l'entendît pas remuer de l'argent, une pièce de cent sous lui échappa des mains et roula bruyamment sur le carreau.

A la brune, il descendit et regarda avec attention de tous les côtés sur le boulevard. Il n'y vit personne. Le boulevard semblait absolument désert. Il est vrai qu'on peut s'y cacher derrière les arbres.

Il remonta.

— Viens, dit-il à Cosette.

Il la prit par la main et ils sortirent tous deux.

TABLE

TABLE

DEUXIÈME PARTIE

COSETTE

LIVRE PREMIER

WATERLOO

LIVRE DEUXIÈME

LE VAISSEAU L'ORION

LIVRE TROISIÈME

ACCOMPLISSEMENT DE LA PROMESSE FAITE
A LA MORTE

LIVRE QUATRIÈME

LA MASURE GORBEAU

PARIS. — IMPRIMERIE DE J. CLAYE, RUE SAINT-BENOIT, 7

ŒUVRES COMPLÈTES

DE

W. SHAKESPEARE

TRADUCTION NOUVELLE

PAR

FRANÇOIS-VICTOR HUGO

AVEC UNE INTRODUCTION

PAR

VICTOR HUGO

Les pièces contenues dans chaque volume sont précédées d'une intr ction et suivies de notes et d'un appendice.

CHAQUE VOLUME, FORMAT IN-8º, SE VEND SÉPARÉMENT 3 FR. 50

LA NORMANDIE INCONNUE

PAR FRANÇOIS-VICTOR HUGO

Un volume in-8º. — Prix : 3 fr. 50 cent.

PARIS. — IMPRIMERIE DE J. CLAYE, RUE SAINT-BENOIT, 7

www.ingramcontent.com/pod-product-compliance
Lightning Source LLC
Chambersburg PA
CBHW060935030726
47503CB00003B/597